# 大溪地之鳶

曾緗筠　著

# 目錄

# 第一章　鳶的記號

檢視著何豪興的護照機票，櫃台人員微微地露出了驚訝的表情……飛美的票子上多了張往大溪地的……

此時，辦登機手續的旅客，幾乎都是只往美國一地，而不會還要在那兒，轉機到這個依然帶著野性，洋溢著原始氣息的法屬地。

接過了登機證，他往出境處走去……

「怎麼會想到要往那地方跑呢？」

連他自己都覺得有些莫名其妙……他在賭氣—賭一口在旁人看來，似乎不是那麼有必要的氣。

曾經認爲；父母親是跟其它男女大不相同，他們不是僅僅背過結婚誓辭，而是去實踐它：忠誠，互愛，互重……他—何豪興，有個別人很難擁有，眞正幸福健全的家庭。

但，八個月前，母親心臟病猝發過世，還不到一年—別的女人就進了門，連帶的他的一對異母弟妹……

原來，爸在外面，早早就另有發展，也生了小孩。

這讓何豪興整個人就像被炸開似的！

他無法具體分析出自己情緒如此激動的原因；是在替老媽不値？還是，因爲，長期被一種假感覺欺騙，而忿恨不平？抑或，太過份高估了父親對他們母子的愛，醒悟到自己的癡傻所致？

父親卻視這一切爲理所當然；他技巧的，謹愼地，沒洩露半分自己的外遇，和妻與子維持了二十多年平和穩定的家庭關係，也讓太太無憾的走……她不在了，他也就即刻將自己的「情婦」扶正—身爲一個男子，他可是一點都沒對不住他生命中的兩位女性呀！

通過了隨身行李的檢驗，何豪興重新背起他深栗色的旅行袋—這曾盛載著多少「家庭旅遊」歡樂的容物，此刻，壓在肩上，竟顯得有點沉重……

或許，他該敞開心扉去想；以今天社會的眼光來看，外遇著實沒啥大不了，甚至還有「正常化」的趨勢呢！那他是否該替父親慶幸；中年喪偶的他，這麼快就塡補了另一半的空缺？

要他這般認定，再怎樣，現時，卻仍很困難……

何豪興馱著他的袋子，速速的越過好幾個機門……來到了他要登機的「十七」號門。

他一坐定，便將旅行袋卸下，然後，將它往旁的座位一扔，身子是輕鬆了……心卻仍揪得緊緊的！

在家時，繼母及弟妹，對他可是極其親和友善的，但，這反使他更爲之氣結；

如果，他們態度不佳，他還可以藉此和對方翻臉吵架，來發洩發洩怨氣……

但這樣一來，反而沒轍了。

他強烈的想脫離現有的環境！

「去那兒？」

父親問道。

「大溪地。」

他把那個「地」字說得極小聲。

「早點回來呵。」

父親只簡簡單單的拋下了這麼一句。

他顯然是理解家人心態的；讓兒子暫時擱下工作，單獨出去走走，不囉嗦，才是自己這個做爸爸，此刻，該採取的最適宜態度。

「早點回來？」

何豪興對此句話存疑著；他把大溪地的「地」說得輕聲點，是有意造成父親或許會把它誤聽成「大溪」，以爲他是回他們以前桃園的老家—大溪，而無法確切掌握到他的行蹤。

「這樣做，可稱謂『不用背說謊之責，而直接達到說謊的目的』。」

他有點悲涼的想著。

「不覺間，父子竟有了這樣一層隔閡……」

何豪興寂寞地環顧候機室四週……

等著搭機的旅客並不多，三三兩兩，疏疏落落的……可以推測出這班飛機不會太擁擠。

接著，他把視線掉向了侯機室外的走道……

沒幾個人經過，一樣有些空蕩蕩的……當他正欲把目光收回時，卻，突然，心中一凜……

一個黑幽幽的影子在他眼前飛般的掠過！

那是在圖書館「short stock」區，他撞見過幾次，全身著裹一襲黑袍，包頭巾覆過大半個面龐的神祕身影……

何豪興從大學的資訊系畢業後，在兩年多前，服完了兵役，他的父親本來有意在自家的塑膠廠直接就替他安插個職位的；但他自己卻認爲：學非所用，而且，對塑膠製品也沒多大興趣，所以，沒接受，而另行覓工。

在一位父執輩的牽引下，他來到了這家名喚「古源」的圖書館。

以一般性的眼光看來；這實在是個極不佳的工作環境……

圖書館位於偏僻的半山腰，是一棟日據時的建築，光線暗淡，還透著些許霉味……

而且，待遇也不夠好。

但何豪興本人卻另有番想法；反正是職業嘛，總是要吃點苦頭的。最重要的是，這份職位和自己的所唸的科系不會相去太遠。

而在這個隱閉的書籍世界裡，還能有份難得的單純自由。

館分上下兩層，空間不大，管理員就只有他和一名喚作陳煥的老翁，但他似乎不太愛管事，而何豪興也樂得很多時候，可以自己作主。

「古源」與其說它是間圖書室，倒不如說更像是個有歷史的舊書屋……

它所擁有的書籍以「非主流」爲主，最新，暢銷的反而是佔極少部份……有絕版許久許久的，也有年代老到幾乎不可考的，或者，聞所未聞的奇書異典，在這兒都有可能找到……

會來這兒的人，年紀全有點偏大，另外還有些，希望從中，能更深入自己領域的未知部份的專業人士，例如：金匠，廚師，中醫生之類的……

他還得感謝那部時常故障的電腦，能使很多時候，都需採用人功登記，以致於不會無聊得沒事做。

所以，在「古源」的日子，有點像處在個過往的時空中……是孤絕的，安穩的，卻也是這般的無色無味……

但，終於，起了那麼點波瀾……

在樓上，右方有個即是所謂「short stock」的小間—因爲，這裡頭所置的書都只有一本的量，自然的，所有放在這兒的典籍，比起其它的圖書，也更突顯了份『殊異』性……像是……絕對完整的日本忍者訓鍊圖鑑，明清二朝糕點製作祕方，封面竟然是獸皮製的狩獵日誌，更有，翻開來，不知這世界上會有幾個人看得懂，儘是一堆密密麻麻，不知其源頭的圖形文字……

限於這兒，各種書籍只有單一的數量，所以，要觀看此地的書，是不能自己來取的，必需借管理員之手，而且，無法外帶，只限於在館內翻閱。

在這「short stock」，是見不著任何其他人影的。

但，就有那麼一瞬間，他從玻璃門外，瞧見了這小房間出現了一個黑色的影子……

門仍然是上鎖的，他也沒發現到有甚麼人上樓來……

何豪興先是低著頭，在原地愣了會，但隨即打開門，走了進去……

那影子卻忽地的消失了！

他迷茫的環顧四面的書牆，一陣悚然……於是，就去找陳煥。

這位頭髮半白半禿的老者，聽了他的敘述，先是，冷冷的哼了一聲，然後，淡漠的回應道：

「這兒光源不足，氣氛陰，孤零零的就咱兩……」

「難免會想多一個伴……心神不寧，一時眼花，就好像看到了個同類……」

他掃了何豪興一眼。

「我也曾把一疊堆高的書，誤看成有個人在前頭擋路呢……」

「而且，即使，眞是撞著了甚麼鬼魅幽靈之類，只要對館裡沒造成甚麼影響……也沒啥好大驚小怪，是不？」

「既然，選了在這種地方做事，就得多少有些底—別碰著了點異象，就在那邊毛燥不安的……」

陳煥態度冷靜，有點倚老賣老的說道。

而何豪興聽到這番話後，倒也認爲不無道理；那黑影出現後，書本並沒少掉過一本，也無任何設備被破壞。

他實在勿需再去多煩什麼了。

後來，他又「瞥見」那個影子幾回；逐漸地，對「他」〈？〉外在形體有個大致的輪廓……而每次，要接近這個影子時，他又一溜煙似地的消失了……

「或許，這館有某種潛藏的奧祕，我和煥伯根本無法探知？而那『影子』是位有隱身術的高人，他明白點甚麼？……才出沒無常，到此查訪……」

他好奇的，模糊，不確定的想著。

而自己竟也忍不住在館內暗自「搜索」起來……

但，「古源」對何豪興來說，始終，卻仍只是個單純的「書籍世界」。

那黑影依然成「謎」！

就當「它」是「古源」圖書館特有的「一景」吧—亦是個唯有自己能見到的「景觀」！

「或許，剛剛所見著，不過，就只是個跟那『黑影』作同一款的裝扮罷了，並不一定等於就是圖書館裡那個『人』……」

何豪興再度望望機門外的走廊，已無任何「黑影」的蹤跡！

他挺了挺背脊；鼓勵自己振作精神，不要再陷於那些迷思煩想中……不久，就要到一個充滿陽光，花香，有著壯麗山水的地方去洗滌塵慮，而臺灣的一切都會被遠遠地拋開的！

一個可愛的女孩迎面走來；大眼，圓臉，留著一頭長髮……

她所以引起了何豪興的注意；還是在於她的裝束，鬢邊還斜插了朵木瑾花，穿著寬大的黃底紅花的洋裝，直至腳底……活脫脫是個大溪地女郎的形象。

「她也要去那個海島嗎？還是，本來就住在那兒？」

他揣測著。

她在他的前排的座位坐下，拿出了本書，正襟危坐的閱讀起來……

何豪興四目遊走著……過了會，不知爲何竟有些發悶；離登機還有半個多鐘頭的時間，於是，他就決定先小睡下……

終於，傳出了要乘客登機的廣播……

他立起身子，稍微整飾一下儀容，重新背起旅行袋……

前排座的那個打扮得像隻「花蝴蝶」的少女竟已不知去向……

咦，她好像還落了甚麼在椅子上？……

何豪興探索性的走了過去……是一本書！

「書」？他等於是活在它們所築的城牆裡，所以，變成已經很少有書，會引起他特別的關注及興趣。

但這本卻成了個極少數的例外；它的封面是深紅色「布」面，不，也還不能完全斷定是否爲「布」的質料？何豪興仔細將那封面撫觸了一遍……那像是棉，又不完全是，是綢緞的？……可是，摸下去，又仍透著點「紙」的感覺……這是一個無法確定它到底是何種物質所製成的書封面。

而在這封面上，竟無任何的標題；但卻鑲了個銅製的鳶……振翅翺翔，栩栩如生！

他打開書面；裡頭只有寥寥數頁；而這些書頁本身依然透著種似布似紙的非常態性的質感……

內容是一些零散的圖像及他從沒見過的文字─穿著五彩斑斕的戰袍，頭插鳶毛的執戟的武士，圍著火堆舞蹈，衣上鏽有鳶尾花的少女，及一些點狀，條型，像花捲田螺般的文字，亦或這些只能算是一連串的符號？……何豪興隨手翻了翻……

嚴格來說；這東西還並不能稱得上是一本「書」……它過薄，沒有書名書號，作者，出版社─或者，只能這般認爲，它不過是件粗具了「書」的型態的物品。

而是不是剛才那女孩所掉的？也還是個疑問，她剛才所閱讀的，何豪興有稍微注意一下；卻不過是本普通的言情小說。

他本打算把書留在原座位上；說不定遺失它的人，會馬上回來取呢。

可是，這本不像書的書，似乎有某種吸力，把他的手緊緊的吸住著，讓他放不開它……

按照常理來推斷；掉這本書的人，該也是要搭乘這班機的旅客才是。

於是，他就想；不妨就把它直接帶上飛機，然後，再請空中小姐廣播，協助尋找失主……

如果，眞有人來認領，他也可藉此見識見識這稀罕物的主人到底是何方神聖。

進了機艙，找著了座位，坐定後，不覺地，轉過頭，將四週察看了下……沒發現那女孩的蹤影，她是還沒上機？還是在另個機艙呢？

有乘客陸續續上來了……飛機昇空了，卻仍沒見著「她」！

空服員很熱心；一連廣播了幾次，也沒人來找他拿「書」……

他把失物收進了旅行袋。

突然，有種奇特的念頭躍進了他的腦海……

覺得是似乎有人是故意把這書放在他前排的位置，讓他拾獲！

隱隱的，他預感著；有某種神祕，深幽的事物正悄悄地在牽引著自己……形體上的目的地—是一個位在大洋洲上的島嶼，但精神性靈，卻彷彿並非同一歸屬……

「罷了！」何豪興突然重重的一搾頭，急於擺脫現有的情緒……

在過往的日子裡，他早就爲「書」所困良久，幹嘛又在這種該放鬆的時刻，讓那個與自己根本扯不上半點關連，似書非書，不知是啥的玩意，把思想給「封鎖」住呢？

他喝了口空姐送來的飲品，輕輕地呼出了口氣！

在搭機的途中，何豪興是跟大部份的乘客一樣；不能休息得很徹底；要睡不睡的……精神無法全然放鬆，使得整個人反而是更加疲困……

而在此模糊半清的意識中；他竟感到書封面上的「鳶」似乎飛離了原地，輕輕地啄上了他；像是要對他傳達，或提醒些甚麼……

這使得他忽地的睜開了眼睛……自然地調整下歪斜的坐姿後，便開始不知其所以的發起愣來……

「這到底僅僅是種心理作用？還是那本「書」眞的會發散出某種魔力呢？」他不禁如此自問著。

但那會有啥答案。

「好，就讓你一路跟著，我倒要看看，你會變出甚麼把戲……」

他從袋中拿出了「書」，對著書皮上那隻活靈活現的鳶，暗地裡如此挑釁著。

經過了約十二鐘頭的長時間飛行，終於，抵達了洛杉磯……

它機場外觀已有些過時，卻仍鬧哄哄的，擠滿了來自世界各國的遊客……

何豪興的眼睛不覺地掃過了那一堆堆，一羣羣不同膚色的人種；看是否能發現到黑影子及那位少女的蹤跡？

然而，他這番牽掛，一到達了轉機點，卻又全都拋開了……

侯機處充塞著要去大溪地的美國遊客；也夾雜些其它國的，如日本人，墨西哥人等……

大家幾乎都是輕便的潮T，半短褲……嘰哩聒啦，七嘴八舌的……處處洋溢著渡假時特有的歡愉與閒適！

這跟他在台灣機場時所感受到的冷清與孤獨，簡直是天壤之別！

何豪興被這股「熱力」所感染了……

他跟一對穿著同款花襯衣的老外夫婦，起勁的聊著……

語言間，三人都透出了對大溪地島的憧憬。

此時此地，他才真正有了要 take vacation 的美好感覺。

上了機，卻讓他遇上了一位「奇妙」的同件……

他來到何豪興隔壁的座位，帶著行李梢嫌重了點……要放進頂上的櫃子，有些吃力，於是，何豪興便自動地幫了他一把。

「謝謝！有勞了。」

那人一開口，卻使得何豪興微微一怔；而不由自主的打量了對方下……深目高鼻，褐黃色的皮膚……他原以爲他大概是中亞一帶，如巴基斯坦，阿富汗地方的人士，但他居然開口講國語，且是標準的京片子。

「我叫夏理罕，是維吾爾族人……」夏理罕看出了何豪興的疑惑，便笑著如此介紹自己道。

「但你國語說得太好了！」何豪興一邊讚美，一邊遞過自己的名片。

「我是北京長大的，後來，又在那兒受教育及工作。」

他看著夏理罕；雖有著維族人的輪廓，但卻帶著股徇徇爾雅的風範。

「這人該是個從事學術研究工作的人吧！」

何豪興暗自揣測著。

坐定後，何豪興便與夏理罕攀談起來……

果然，不意外的，這夏理罕正是北京大學的民族學教授。

「維吾爾族在中國境內是少數民族……」

「並不是我們和國家存心搞對立……」

夏理罕教授講到這個敏感性問題時，語氣卻仍是相當平靜，臉上依舊帶著仁和的微笑。

「而是我們無論在語言，文字，生活習俗方面……都和漢人大相逕庭……」

他嚴肅地望了何豪興一眼，後者則是理解性的輕頷首了下。

「但維族本身也有著矛盾……」

夏理罕意味深長的分析道。

「時代文明侵襲新疆……」

「我們的人民，是抵擋不了這股浪潮的—尤其是年輕人，都急於往外跑……」

「總認爲呆在大都市像是北京，上海之類的……比死守在自己家鄉光榮得多多！」

「老一輩仍堅持傳統—不讓維族文化有一絲一毫的變動……」

「而您恰巧夾在這新，舊之間？……」

何豪興看這夏里罕年齡大約介於五十至六十歲之間，於是，便提上出這一問。

「嗯……」

夏理罕點點頭。

「這兩者的確很難達到個平衡點……」

夏理罕縐了下眉頭。

「我選擇研究民族學，可能，也就是想在這新舊的橫溝間，去填充點甚麼進去……」

他沉思道。

「經常慨嘆；少數民族的文化保存不易，但更惋惜卻是；有些民族根本就等於是消失了，而不為人知……」

「噢……」

何豪興迷惑的眨眨眼。

「也許，可以從某些人生活的小細節中，去發現這些民族的存在……」

「是嗎？」何豪興可是相當的好奇。

「曾有過這樣的一個傳說……」

夏里罕緩緩地起了個頭。

「在沙漠裡頭；有種介於人神之間的存在體，隱藏其中……」

「他們自成一部族—但卻沒人真正見過，或者，知悉其落腳處……」

「而這種特異的存在物，被認為是具有強力的法術及巨大的財富……」

「偶然，也有人會從一些神祕難解的現象，去推斷他們的存在……」

「有個西方奇幻故事集……」

夏理罕聲調稍提升了些；似乎要將他的講述引至一個高潮。

「收納了篇小說；提到了，在沙漠中，有士兵發現到一群無人照管的駝隊……」

「駱駝背上馱負著珍貴的絲綢，香料，寶石等等……」

「沒人查出這駝隊是從何處來？和要載著東西，到達那兒？」

「後來，這個駐守在沙漠的軍伍，去訪問了一位『異人』……」

夏理罕頓了頓。

「這位異人，便從這些駱駝的型態，推斷這一謎樣的駝隊，是屬於隱藏沙漠綠洲間，一種高於人類等次，類似精靈一類的生物所有……」

「因爲，領隊的駱駝，中途，病倒身亡，才會產生了這種使整組駱駝隊伍在沙漠中走失的現象……」

「故事的結尾，異人如此建議士兵；不妨就把駱駝背上的物品，變賣了，接濟貧困，有需要的人……」

「而這樣做，『精靈』們也會高興的。」

「這倒是個挺典型的，美好的童話收場……」

聽到此，何豪興便如此評論道。

「只是，我不大明白……」

何豪興略歪了下頭。

「您所提到這類所謂沙漠『精靈』的生物，究竟是眞實的存在？或者，僅僅是個傳說？還是，根本就只是作家筆下的一個創作而已呢？」

「坦白說，我也無法提供給你個正確答案……」

夏理罕微微的一笑。

「我所以提起這樣一個事典……」

「不過是想藉此做個引子；說明有些『非我族類』，在這人類空間與我們並存著，若隱若現，似遠還近……」

「但也許在某個意外的時刻；就像那組無人駝隊乍然出現的瞬間……」

「人們就會感受到他們─確實生存在這地面上，說不定，此時，就正立在你我之間都說不定哪！」

「還有，在這駝隊故事裡，我並未提到，卻最引我注意一點是：這異人曾說過；在得道的高僧中，可能就有這種精靈在裡邊！」

「而那些在遠古，曾顯赫一時的民族，我們找不到正式的文獻記載，也無明顯的線索可尋……」

「但，他們的後裔，或許也會以這種隱蔽型態，生活在人間……」

講到此，夏理罕的面容上竟閃動著層感動的光輝，就像是在沉浸在某種宗教儀式般。

「挺玄的哩！」

何豪興輕揚了下眉道。

接著，夏理罕便雙手交叉在放在腿上，現出了談話該停頓會兒的形容……

誰知，何豪興的眼神仍然停駐在夏理罕身上，遲遲未見移開……

夏理罕接觸到他探索性的目光，明白了對方似乎還希望自己能繼續往下說點麼……

他凝望著面前這位年紀可能都尚不及自己一半的小伙子；清秀清秀，樸實樸實的，不是學生了，但踏入社會時間大概還不是很久，所以，眼眸神態間，無太多滄桑歷鍊的痕跡，甚至，還透著點稚拙之氣呢。

在與自己交談時，也常常不覺地就帶上付驚嘆好奇的模樣。

這是個很一般，很普通，隨處可遇上，年輕男孩的典型。

然而，這人，另外，似乎還多了點啥……悠遠，綿長的，植根於他體內深處，非浮面表象的……

夏理罕一時並無法具體指出，究竟那是甚麼？……但，就是有……這種很細微的感覺！

他鬆開了手，順著對方的心意，繼續論述他對人類的觀點。

「曾經在這地球存在過的每一支民族；無論他們所有的傳統，信仰，特性爲何……」

「其實，我們都該看重，當這些是人類千古以來的瑰寶。」

「但，相當可惜可笑的是；這些民族文化，很多，現在已淪爲觀光斂財的工具─在遊客面前表演歌舞，手工藝也都成了販售的紀念品……」

「海南島的黎族，台灣的山地同胞，日本北海道的愛奴人……不也都是這樣？」

夏理罕輕撫了下鬢邊，遺憾的表示著。

「您是精研民族學的教授啦。」

何豪興含蓄的說著。

「當然……」夏理罕拿出手巾，揩了下眼睛道：

「人總是要生存的—這些地方的原住民也是不得不利用觀光這一途，來獲取維生的資本。」

「但，或許，他們雖然是用本身的文化在賺錢，但也會拿這筆錢，再反過頭來，支持發揚某些傳統也說不定……」

何豪興用舒解的語氣對夏理罕說道，在他看來；這位學者專家，似乎是「太」理想化了些。

「換言之……」

夏理罕牽動了下嘴角，現出些許的無奈。

「絕大數民族要保持完整的文化傳統，著非易事！」

說完這話後，夏理罕眼睛卻像要觸到甚麼他極感興趣的事物似的……而突然就閃閃發光起來！

他稍稍沉吟下道：

「拋開我在民族學科這個基點上；必需對現存在這世界上，任何一支民族，所必備的，理性型的全面探討態度……」

「在私人感情上，卻是較偏愛研究那些極古老的，早已不存在的民族……」

「活在當下的我們，早已沒這個可能性─去實在的體近自然，只把接觸山石林海，當作平常日子的一種點綴，而他們那些活在遙遠不可及年代的民族，卻是如此的貼近自然萬物……」

「整個人都全然投入其中……日，月，星辰，風雨雷電…他們帶著無邪的心，去信仰，去膜拜……」

「不像現代人，對這些自然現象，一直是汲汲於探索它的原理，甚而，還會產生了某種破壞性……」

何豪興禁不住如此的接口。

「與這些古民族相較；摩登人類在知識方面，是已累積的過於豐厚了─進而，讓他們必須竭盡思慮，來往所謂的─絕對科學性及尖端科技的這樣一條道路前進……但相對來說，卻也易形成人格上的不安及鑽牛角尖。」

「而那些原始的人類就不同了─血液依然流竄著野性，個性奔放而直接……」

「他們可以自認為是某些動物的後代，並認為這些『祖先』的勇氣與活力，其實，是遠超過人類本身……」

「所以，就有所謂豹人，拜鳥族，獅子國之類的……」

何豪興身子不覺的向夏理罕這邊微傾著……

這位民族學者，開講到這兒，似乎觸著他心頭的某個疑點……

空姐兒們已開始在分送餐點了。

儘管自己向來對飛機餐興趣缺缺，但也不便去打擾他人用餐。

他照例吃得極不專心，又少少的……

而旁邊的夏理罕，對面前這份沒啥食物香的「微波餐」卻似乎並不怎麼挑剔……

安靜，斯文的在那邊細嚼慢嚥。

直至用完餐後，他便兀自閉目養神了起來。

而何豪興呢？身體半靠在座椅上，眼睛直直的往上望……

他發著呆；腦海盤旋著剛才夏理罕所提到的幾個詞語；消失了民族……獅子國，拜鳥族，豹人……

這些以某種動物爲精神表徵的遠古部落！

此時，躺在袋子裡那本「書」，書封上「鳶」記，書圖中，裝扮特異的男女……這會和所謂的「古民族」有關連嗎？

他望望靠窗邊，睡著了的夏理罕。

於是，何豪興打開了旅行袋，取出了那個看上去像「書」般謎物，從座位上立起來……

他下決心請服務人員再廣播一次看看……

一遍，兩遍……空姐以甜美的聲音用英文向旅客把這「書」形容了三遍……

但結果依然；「它」卻仍舊紋風不動，握在自己手中。

終於，何豪興不再多想了，他把這「煩惱物」再丟回旅行袋。

然後，也學著夏理罕的樣，偏過頭，把眼睛閉了起來。

而等二人都醒過來了，飛機卻已快到大溪地的機場……

何豪興把握住這最後的機會；將「書」拿出來，予以夏理罕觀看……

他訝然的接過了「它」……接著，便微蹙著眉，瞇起了眼，對著那書封面，及上頭那隻「鳶」，極其用心的察看了下……

再將它翻開來；研究裡面的圖鑑……

好一會兒，他才抬起頭來，臉上浮現出個難以形容的，微妙的表情道：

「該先恭喜你一聲了，因爲，你居然撿到個失落的民族！」

「有那麼震憾嗎？」何豪興反而有點想笑。

「古代人民往往有著我們根本想像不到，甚而無法理解的才華技藝；好比埃及人的醫藥及建築……」

「而製造了驚世傲人的木乃伊，金字塔……」

「有那樣一支叫『鳶』的民族，用了我們無法詳知的配方及技術，製造了這種名叫『緋絹』的物質……即是這本書封面，書頁的質地。」

夏理罕說這些話時，目光就一直停留在那本『書』上。

夏理罕還週到的掏出了紙筆，寫下了「緋絹」二字，讓何豪興明瞭。

「必定要是『鳶』族的後人，才懂得製造這『緋絹』的方法……」

「你瞧瞧，這『緋絹』，雖然，它的纖維雖是很細，但卻緊密結實，不易損壞……」

他指了指自己手中的書。

「還有，這『緋絹』所呈現出的『紅』色，是種完完全全自然的紅，而非用顏料染出來的……」

「所以，看上去，柔順悅目，一點都會不刺目……」

夏理罕不自禁用手指輕輕劃過這所謂紅色的「緋絹」的書封道。

「製作這方小冊的人，是有心放送鳶族的訊息的；文字，圖片……而圖中，還特別顯現了他們對鳶祭拜的儀式……」

他又翻了遍他口中所謂的「小冊」。

「想必這『鳶祭』就是他們生活中最重要的靈魂祭典。」

夏理罕慎重地下了個結論。

「他倒還眞格兒說對了：小冊，確實，正是本小冊子，稱它是本書，似乎太沉重了些！」

何豪興暗忖道。

「你是在那兒找到這怎麼一樣東西的？」

夏理罕再問何豪興。

「無意中，在台北機場撿著的……」

何豪興淡淡的答道。

夏理罕聽到後，卻不禁獨自沉默了會：對方是說自己無心拾獲此物，但……他不自覺地溜了何豪興一眼……認爲；這小伙子和這冊子該是有那麼點淵源才對，而這……究竟是有人「無心」丟了一樣東西下來，還是根本「有意」留下它給某某人呢？

「你到了大溪地，除了觀光外，還會繼續去探索這冊子裡的一切麼？」

夏理罕溫和的問著，眼光卻對何豪興透出了幾分審度性。

「嘎……」何豪興卻有點被驚嚇到的感覺。

「我……」他吱吱唔唔的，一時反而答不上話。

飛機著陸了……大家紛紛從座位上起身，取行李，準備下機。

「這是我在此地的落角處。」

分開時，夏理罕主動地遞過來一個住址。

「你有任何事情，都可以來找我。」

他鄭重地和何豪興握了握手，態度是胸有成竹的。

何豪興用姆指和食指輕捏著那張上頭寫有地址的便條紙—指尖竟不自覺微顫了下……

一輛龐大的，純黑色出租車正搖搖晃晃的行駛在大溪地的首府—芭比堤的道路上……

而此時，何豪興正乘坐其中，往預定的「Hatty」旅館前去……

其實，他跟國內絕大多數人是一樣，對大溪地的住宿是沒啥概念的；之所以選擇這家飯店，也不過是它離機場近些罷了。

「終算來到了這世外桃源—大溪地島……本該歡呼一聲的！」

「但，不知爲何，心頭彷彿被甚麼壓得沉沉的，而提不起興緻來……」

「是仍對父親和繼母事耿耿於懷，解不開？抑或……」

何豪喟嘆著，目光禁不住又飄向身旁那隻裝有「小冊子」的栗色旅行袋。

車窗外，幾棵火紅燦爛的木棉花，匆匆自眼前掠過……襯景是一些高大的植物及幾棟不起眼的平房。

他還未領略到此地壯觀的山巒海景，目前，他所見到的芭比堤只是個還未全然開化，簡單素樸的都……不，應該還只能算是個小城鎮啦。

這和他以往出國旅遊，一抵達當地，如紐約，東京，倫敦……初眼所及往往就是璀燦耀目的都會風華……可謂大大的不同！

一群穿著花長裙的大溪地少女，經過了車旁……

紅褐色的皮膚，烏溜溜的眼眸……

使他想起了他在桃園機場，所遇到，那個極有「可能」是小冊子失主的女孩……

自己大概也很難再遇見她了。

啊！他幾乎要驚跳起來……

他看到了那個「黑影子」了！

在道路的一旁……跟在登機門走道，圖書館一式的黑袍，黑頭巾，相同的身高，體型，但，竟會在這一秒……

他「發現」到了他的長相……

微側的臉孔，麻斑點點，黝黑沉鬱──是付飽經憂患的中年面貌。

匆匆，趕不及捕捉的一瞥……自己的座車已飛馳而過！

但何豪興卻已能遙遙感受這「黑影」目中所射出的精光；似在探索，追尋某個固定點……

這光彷若也在喚醒了自己身心深處某種隱藏？

但那究竟是啥呢？一段遺失了的古老記憶？還是甚麼前世今生的輪迴？………

他茫然的搖搖頭。

外邊，才一忽兒，竟就飄起了細雨…使得人，車，植物，房舍都變得有些迷迷濛濛，不眞實起來……

何豪興的視線卻不期然地在那片雨景中穿梭遊移起來……

下意識，是盼望著那「黑影子」能再現身一次！

「Hatty」有著典型海島度假飯店的建築型態……

挑高的屋頂，原木的材質，大廳中沒有太多的繁麗的裝飾，僅散落性的置放些土著的木雕品……

旅館內，就只有一個酒吧和一間餐廳，在大廳後頭，比鄰而設的，面對花園及泳池。

整個旅店予人之感是簡潔，空曠，涼爽的。

何豪興在這日後的新居所先瀏覽了一下……

然後，和一個外國人幾乎是同時抵達了櫃臺。

那人很有風度，把臂一伸，做了個先禮讓他辦入住手續的手勢。

「你的手有比我快一步放在桌子上，所以，還是算你在前啦……」

他還很幽默的對何豪興來上這麼一句。

這讓何豪興頗爲意外；本以爲這名洋姥不知會吐出那國話來，沒料到，竟然是華語，雖然是帶著濃厚的外國腔。

等兩人都辦妥了住房事宜後，便自然交談了會。

何豪興才知道對方原來是名法藉的中法混血兒，名叫 Tony，職業是個酒商。

「我父親是留法的中國學生，和母親結婚後，便留居法國……」

「但他時常和我用中文交談，我們也不時會回去台灣看看……」

「所以，你聽到我的國語，應該是還可以吧？」

Tony 含笑的對著這位新朋友問道。

何豪興則是一連的點頭稱是。

「你是第一次到這地方來？」

Tony 友善的探詢著。

「嚮往已久……」

「我則是每年都會來大溪地好幾次……」

「除了欣賞風景外，也去拜訪些親友……」

Tony 語氣充滿著感情，彷若，他現時所在的這個法屬度假勝地，就等於是自己另個故鄉似的。

「大溪地眞的是非常，非常的美……」

他如此強烈的表示。

「現在的人，老是在想要甚麼……遠離都市文明，洗滌塵囂，回歸大自然之類的……」

「所以，就絕對要有像；夏威夷，巴里島，馬爾他夫……這型的地方，存在這地球上！」

「讓人一有空閒，就不得不隨『俗』性的去過下『海島假期』……」

「好來響應這些所謂『回歸人類本質』的口號……」

「因爲這樣，這些島嶼，湧進了不計其數的遊客，也成就了它們所謂『觀光勝地』的美名。」

他有點感慨的輕搖了下頭。

「大溪地離夏威夷不遠……」

「所以，在不少世人的心目中，這兩者根本所差無幾的……」

「其實，這種觀念很不恰當……」

Tony 頗不以爲然的談論著。

「大溪地是法國人的轄區沒錯，但我保證；我的態度仍是客觀的。」

他見到了何豪興的臉上，帶有一抹的疑問，便如此的解釋道。

「它山海的雄偉，天光雲影的無限華彩變幻……絕對是其它地區所不能及的，你一旦接觸到了……」

「就能領略到那兩句話：『造物者的神奇』及『大自然的鬼斧神工』。」

他又稍微端詳了何豪興下：

這年青的男子，看上去，眉宇間，不甚明朗，心頭該是有些鬱結的。

「既然來到這島了，就不妨豁開心胸，去領受它的好山好水……」

他眞摯的望著何豪興。

「當你有了這種立在天地間的遼闊感，就會覺的：夾在其中的人類實在是十分渺小，不足道的……」

「那一刻，個人哀樂榮辱也都會變得毫不重要，有的只是……」

「身體心靈都全然溶入大自然之中……」

「這人對大溪地簡直是到了迷信的田地，好似，來這邊走上一遭，還眞可以一股腦兒把所有煩思憂慮給淘盡，並且，永遠不需再承受苦難般………」

何豪興心中暗笑著。

但，在表面上，他仍禮貌，順從的回應道：

「我會……」

「儘量去試試。」

他輕輕地吐出這幾個字。

Tony 也就笑笑地，不再繼續往下說了……

他多少都意會得出；對方並不完全接受自己的話，認爲它們是具有誇張性。

事實上，至目前爲止，何豪興對這位初識，東西混合體的販酒商人，印象卻是蠻不壞的……

輪廓凹凸分明的臉龐上，帶著股歐羅巴州人的文化氣息，但，卻又巧妙的透出幾分中國書生的清俊，或許，本身就善於品酒的關係吧？衣著也極具 taste，彬彬有禮，風采翩翩的。

這時，湊巧有朋友來旅館找 Tony。

於是，何豪興和 Tony 在匆匆的交換了名片後，便分了開來。

而在何豪興正要搭電梯，前往自己房間時……卻被一位在拉遊客的女子給攔住了。

「先生，您好，我叫莫莉亞……」

她閃動著長長的睫毛，向何豪興招呼著。

「如果有興趣，我可以帶您參觀大溪地……」

「純個人的導覽，不參雜其他人……」

「您可完全不受干擾，儘情放鬆的去享受觀光……」

何豪興聽了，未作出任何反應，他像帶點戒心似的，研判性的望了下對方。

「您不信，還可以去探聽探聽，我的收費，絕對要比任何一家旅行社都要來得便宜……」

莫莉亞仍繼續在那邊推銷。

即使屬於觀測性質的，身爲一名男子，何豪興也不便老是盯著一個女子看……

於是，他只好裝成不經意似的掃了這莫莉亞幾眼……

她雖是華人，操著華語，但看上去，卻是已相當「大溪地化」！

整個人曬成了健康的古銅色，凹凸有致的身段；上半身罩了件紅黑相間的打結型襯衫，露出一小截的腹部，下邊搭了件純白的半筒褲，散發著一股熱帶女郎特有的活力與媚勁。

「您大概是台灣來的，對吧？」

她對她親切的微笑著。

「我是大陸移民的第二代……」

「莫莉亞不是個翻譯過來的名字；而是，我本姓就是莫，名字叫莉亞……」

莫莉亞打出了「民族感情」牌，來拉攏這擔生意。

何豪興卻還立在原地，遲疑著；一時之間，無法做出任何決定。

「在這塊法屬地上，外來人士並不見得都那麼好過……」

她垂下了眼瞼，人顯得有些黯淡。

「所以，我也不諱言；我做這旅遊生意，時時，都是要考量到生活所需的……」

莫莉亞用她做得成生意與否是關乎「生計問題」這一招，卻倒也使得何豪興開始認眞的思索起目前情況來……

「聽這口吻，好像，要是能雇她當嚮導，就等於幫她一個忙似的，這點，倒是頗能令人接受……而自己，本也是打算到處走走的……」

何豪興又暗暗觀察了莫莉亞一下。

「這女子，看上去，倒沒甚麼不妥……樣子也不會惹人厭……」

「再說，經歷了如此長時間的飛行，著實疲累……」

「眞是懶得再費力氣，去旅館櫃臺諮詢旅遊事宜……好吧，就她了。」莫莉亞知道能導領自己遊覽此地時，她隨即，綻放出一臉的光彩！

「那好，我明天上午八點，就到旅館大廳來接您……」

「到時，還可以先規劃下路線：看看您想到那些景點參觀……」

「還是，您認爲這時間，太早了些呢？」

她問道。

「八點可以……」

「至於要上那兒，妳全權作主就行了，我是沒啥意見的。」

何豪興邊答，邊往電梯走去……

莫莉亞卻送他至電梯門口……

「請放心，我保證您會絕對安全舒適，而且……」

「不會後悔！」

在電梯門要關的剎那，莫莉亞向何豪興揮揮手道。

他心裡覺得好玩；找個人來引導觀光，倒好像做了件善事似的。

進到了房間，觸目所及，儘是熱帶島嶼風味的佈置……

竹席床，藤椅，椰子盆景……

何豪興走到陽台：舒舒服服的開展著四肢。

看來，自己這趟旅程，還得著了那麼點兒好彩！

因爲，這間單人房，擁有極佳的視野：

正對游泳池及那座熱帶花園！

來「Hatty」路上，所碰到雨天陰霾已蕩然無存……

此時，他的目光正越過了圓型的白色泳池，落在那些被海島豔陽照射得亮燦燦的花木上……

一大片一大片蓬勃的綠色中，突顯著金桔黃色的天堂鳥，白的，粉紅的木瑾花……迎風招展，搖曳生姿。

「嗯，這可眞是一點都沒料著，從房裡，就可直接『接收』，不，該說是『享有』到濃厚的大溪地的風情了！」

何豪興不覺地竟有些開心起來了。

咦，怎麼在植物叢中，出現了個「黑點」……在那邊緩緩地移動著……

「黑影子」？何豪興心怦跳了一下！

但，定睛一瞧，不過是位著了一套黑衣褲的男子在花園行走罷了，和那個全身用黑布包起來的「黑影子」的造型並不相同。

「自己是太過精神緊張了……」

他用手揉了揉額頭，試圖冷靜下來。

返回臥室，他的手又不禁伸向了旅行袋，找出了那本書。

他半倚在床上，再度審視著這樣「謎物」。

在機上，經過了夏里罕的「認證」：知曉了它的封面是種叫作「緋絹」物質；他也以另種心情在來體會這本，姑且就稱它爲「冊子書」的東西……

或許，這「緋絹」是種世間罕有，私家才能製成的「精品」——自己還得分外珍視才是！

當他再觸撫這「緋絹」時，竟產生種感動的情懷；似有股暖流，正輕輕地竄過全身……

而上頭那隻銅質的「鳶」……

摸摸它兩隻開翔的翅膀；還眞像是用鳶毛鑲的……

呀！怎麼，突然間，他的背部上方的位置，竟起了一陣震顫……

像有甚麼東西從那兒要浮凸起來……

麻麻癢癢的，極不舒坦！

他吃力的用手去搔自己的背；不過，怎樣都構不著……

是不是已經開始對大溪地水土不服啦？還是，無意碰了啥？抑或，吸進了什麼不恰當的東西？……而導致皮膚敏感的！

但願，也僅只此而已，而不是得了怪病……

於是，何豪興將整個背放在床單上死勁地揉擦起來──希望藉此減低發癢的不適性……

等到，背上皮膚恢復到原先的正常狀態時，才讓他停止了動作，並從床上，坐直了身子……

想來，還有些荒唐；剛才，自己竟產生這番思維；是碰了書上那隻鳶，才使背部產生異常的！

但，隨即，何豪興又自動把情緒給掉轉了回來……

他是來遊玩的，不是嗎？來到它國異域，一切皆是陌生的……自然，樣樣事情都不似家鄉般熟悉如意，所以，總不能說，碰到一點不順心，人就整個像被困住了般的……要是這樣，豈能盡興？

明兒一早，就要跟隨那個叫甚麼莫莉亞的，去探索新世界了……他再次鼓舞自己！

這一分鐘，何豪興便把自己完全掏空，變得很簡單……僅僅是個對未來有所期盼與等待的旅遊者罷了！

他再望望房中那盆枝葉錯落有致，淡青色的小巧椰子樹……

直把它當成了是大溪地這片「水木大地」在召喚自己的一則序曲！

隔日，準八點，一秒都不差……莫莉亞踏進了「Hatty」的大廳……

今天，她換穿了一套土黃色的褲裝，俐落而帥氣，有點像女軍官……何豪興繳了費用，塡妥資料後，她便領著他，坐進了一輛豆沙色的休旅車……司機竟還是這位女嚮導的親弟弟哩……莫莉亞介紹他叫莫醒這兩姐弟都有著一式的濃眉大眼，及健康結實的外型……叫人不會不認爲此二人是同一家族的。

他們正要開啓他在這個南太平洋上島嶼的觀光「首航」！

不過，大溪地和他以往去過的時髦區域是大不相同！

況且，來此的整個旅途，也堪稱有些「奇兀詭譎」……

說是要來觀覽這地方，但，是否，也要帶上那麼點「涉險」性質呢？

不過，事後，卻證明何豪興是幻想過頭了！

這是相當忙碌，緊湊的一天……

莫莉亞儘量在有限的時間內，帶他去每個景點：金星角，植物園，噴水洞，市中心區……

另外，她也克盡職守；滔滔不絕，儘所其詳的講述各地方的歷史與特點；毫無贅語，十分專業。

何豪興一直都是面帶微笑，配合度極高的在聆聽著。

但，心的旁側，卻不免另有番思量：

這大溪地還真格兒是個與眾不同的「脫俗之地」哩！

該是沒很愛和其他地方競爭觀光生意吧？

樣樣名勝古蹟，規模都是那般小小的，素簡得令人詫異！

或許是，自己已太習慣於那種裝點得繽紛亮麗，遊人如織的典型風景區……

所以，才會無法全然投入這趟「大溪地島之旅」吧？

他們來到了花阿露米瀑布……

何豪興對著那氣勢不甚磅礡，只似一條長掛鍊懸在山間的水簾，獨自默默地出了會兒神……

「何先生……」

莫莉亞走近了他的身邊。

「看您資料上，姓上那一欄，填的英文是『Ho』，中字是『何』，沒錯吧？」

何豪興搖搖頭。

她對他笑笑，笑容裡竟透出了幾分歉意。

「我們現在還處在大溪地本島……」

「是必須公式化去參觀一些景點的……」

「以便，日後，好向人證明，我確實有來過大溪地……」

何豪興打趣的接口道。

「或者如此……」

「您也許覺的有些單調，乏味，並不合意，在整個過程中，身心好像都沒還舒放開來似的……」

「但，你還是想給我這個嚮導面子，而努力的在那邊裝愉快……」

「所以，實在，很感激！」

她向他彎了彎身。

顯然，莫莉亞不止是在「導遊」，她還很留意到何豪興細微的反應，並透視到他的內心。

「不過，今天的這一段，並非重頭戲……」

她直視著何豪興，像是要挽回點甚麼。

「等明兒，我安排您上 Moorea 島去……」

「在那裡，您可以見識到何謂眞正的『大溪地』！」

莫莉亞堅定而自信的表示。

「噢，是這樣啊？」

何豪興眼眸轉了轉，有些存疑，但也透出幾分渴盼。

「欣賞高更的畫嗎？」

何豪興在瀑布區呆了會，拍過些照片後，莫莉亞便提上這一問。

「哦，可以的。」

「那好，我們這就往『高更博物館』前進！」

莫莉亞朗聲的喊著。

希望這最後一站，能引起這位台灣客些許兒的興緻。

到達了「高更博物館」，何豪興可是又收到另份「意想不到」！

「高更博物館」—聽到「博物館」三字，就令人聯想到是個有寬廣的殿堂，就像故宮，羅浮宮，大英博物館般……內部展覽品多得目不暇及，建築構造曲折迂迴，有如迷陣，想找個出口，還得費上老半天力氣的所在。但，原來，它不過是棟普通的平房而已。

這「高更博物館」正名爲「高更畫室」，可能還更恰當些。所幸，裡頭到也潔淨乾爽，參觀起來，並不會不舒服。高更有不少作品是以大溪地女性爲題材；畫中女子，體型都偏碩大，穿著輕涼，不加修飾，保持最眞實的原來面貌。

館中，並無其他來客，而在此，莫莉亞也改變了她對待客人的方式；不再在何豪興旁，作「詳盡」的解說，而讓他自己單獨觀賞……如果碰到了甚麼問題，再到外頭找她。

於是，何豪興便自自在在地，一個人在這小間遊逛了起來……

等他看得差不多了，走回頭路時，咦，怎麼，在一幅他曾佇足觀賞的風景畫前，多出了個白茫茫的物體……

他還未趨上前去，那物體已朝面自己的方向轉了過來……

竟是個全身著白的女子！

披著白色蕾絲頭巾，同質料的衣裝，裙長及地……整個人都被一層白給密密地裹住了……由於，剛才她的角度是背對自己，見不著臉孔，加上她保持著一動也不動的姿態，才會，乍然一看，產生了她是個白色物體的錯覺。

這女的向著他，露出淺淺的笑意……

她有張極其雪白的臉孔…………五官如描繪出來的那般精緻，整個人似從水雲裡飄浮出來那般……

只不過，這白衣女郎彷彿帶著某種深潛的哀傷；像被個強大的勢力給壓制著—她意欲擺脫此股力量，卻又無奈的必須屈從它……給人很異樣的感覺！

「這姑娘該不會是櫻花妹吧？因為，她的皮膚是如此的瑩白！」當何豪興還在猜她是亞洲的那國人時…她卻率先用標準國語開口道：「你是來這兒遊玩的？」

「嗯……」

「很高興認識妳！」

他向她微微地點了下頭。

「我不是觀光客……」

她幽幽的說著。

這樣一句無關痛癢的話，聽在何豪興耳裡，不知為何，竟帶著股淒怨之氣。

「卻常到這兒來，看看畫……」

白色小姐重新將視線調回了圖畫。

「畫作就有這等好處；不論是眼底的景物，腦子的想法，還是未能滿足的意欲……你都可以使它們具體的呈現在畫布上……」

「雖然，並非眞實的，但也可『望梅止渴』一下……」

這回，她目光卻投向了週遭其他的畫作。

何豪興望望她有些朦朧，寥落的神情，想著：本來，優雅的女性好畫，向來是被視成那麼天經地義的事，不過，正對著這位，卻比較像是投向「畫的世界」，來逃避某些事物。

「你有沒有發覺？高更作品，比起那些人們口耳相傳，或是旅遊手冊所介紹，更抓住了大溪地生活的精髓與脈動？」

她似在自語般地問何豪興。

「哦，我……」

他竟有點語塞。

「才剛到這兒一，兩天，還不是很清楚情況……」

何豪興據實以告，沒能順合對方的心意，他也有那麼點尷尬。

女子的頭微微垂了下去……整個人顯得有些黯淡。

「究竟她這樣，是……因爲，自己的話，引不起它人共鳴，而不大高興，還是……被勾起了某樣心事呢？」

他端視著她，暗自猜疑。

「你再繼續想想，說不定，會改變看法……」

她邊說邊向門口走去……突地，又回過頭，對何豪興拋下一句：

「希望你在這兒過得如意……」

「『希望你在這兒過得如意』……」

何豪興望著那個在自己面前快速消失的白影子，心頭惦起了這句子。

「我怎麼認爲她是在講反話？是我這個人，就是一付天生不得志的樣子？她才特意這樣說，還是，有知道了甚麼，而在作某種暗示……」

「總覺得該是第二個答案……」

這出現的突然，長相如此潔白淨透的女孩，講起話來，著實有點令人摸不著邊際，該不致於是在耍甚麼釣凱子的手段吧？

「哎，不知不覺，怎麼又開始胡想呢……」

他猛地一甩頭；提醒自己，來這麼一趟大溪地之行，別總讓自己是陷到一些無謂的思緒裡。

莫莉亞笑嘻嘻的走了進來；提議待會兒，去吃海鮮，她推薦品嚐此地方的魚。

「稀罕處在哪？」

何豪興頗有興頭的詢問。

「鮮，嫩，多汁……」

「含一口魚肉在嘴裡；肉就像是活的，會跳動的……」

「那滋味呀，呵，簡直是妙不可言，只有親自試過的人，才能領略……」

莫莉亞講得眉飛色舞，直把那魚形容成天上有，地下無的仙品。

「宰過的魚，還能起舞，那，還可不可以發聲呀？」

「妳該不會告訴我，大溪地的魚，是能說話的吧？」

何豪興有意開開玩笑。

「世界之大，本來，就是無奇不有……」

「搞不好，你還眞能遇上了條能說話的魚哩！」

莫莉亞亦幽默的回應道。

瞬間，氣氛便轉輕鬆了……

於是，兩人就這樣嬉戲笑鬧的離開了這「高更博物館」。

食過了莫莉亞所提議的奇珍鱒魚，何豪興便返回了旅館房間。

他走進浴室，扭開水喉，開始沖澡……

熱水洗刷過他的胸背，四肢……緩緩地退去一身的塵屑與疲憊。

在那片濛濛的水氣中，他卻彷若又見著了那個「白影子」……

像拾到了那本似書非書的玩意兒一樣，這女子也不覺地也就「羈絆」住了自己的思想……

不過，也不妨可以這樣解釋；到這熱帶島嶼來，觸目所及儘是那種火辣辣，健美型的大溪地女孩，突見到個白兮兮，纖秀樣的，自然，就會格外留意點……

哎，其實，這只也不過是打發時間的隨想罷了，沒啥緊要的。

他沐完了浴，擦乾了身體，正要穿上浴袍時……

以爲是已沒事的了背，怎麼突然又變得怪怪的？

該不會長了甚麼癤子，腫瘤之類的吧？

他開始有點煩擾難安了……

於是，他向旅館的房間管理部借了面圓型的理容鏡子……

然後，將它對準了背上那個問題部位，使其能反射在盥洗台上方的大型鏡內……

他先平平氣，再緊盯著鏡子……

肌肉上，原來有個黑色的小塊……仔細的，定睛一瞧……

這腫塊竟是「鳶」的圖型；尖尖的嘴，雙翅如鼓起的風帆般，倨傲地揚起……

他駭然大驚，踉蹌的往後退了好幾步……

穩定了身子，他試著把自己給冷靜下來……

也許，別先有這麼大的反應，那，只不過是皮膚臨時起點病變……大概，是太常在注意那本「書冊」了，因此，這「鳶」的圖象便牢牢存在自己的意識中……一旦，遇到有與它相似型態的東西，就很容易主觀投影成「鳶」的樣子……

這種情況可能性該是很大才對……

於是，他調整了下呼吸；澄清思慮，讓心神整個的兒集中……

然後，再一次將圓鏡子移向了背部……

一瞬也不瞬，看著浴室的鏡子……終於，完全的，百分之百的確定……

他的身上，有著和「緋絹」封面分毫不差的「鳶」的記號！

放下手中的鏡子，何豪興呆望著大面鏡中，所映現出的自己……

寬闊的額，高聳的眉骨，臉是長立方型，連著個尖尖翹翹的下巴……

還有那，如一對翅端般，往上飛揚的嘴角……

「我到底是誰？」

他問了自己一個二十多年來，從不曾懷疑過的問題。

傑成塑膠的老板何瑞興和音樂教師李汝藝的兒子？

平凡的資訊系畢業生，老舊圖書館的管理員？

在還未家變前，一名好遊走四方，樂天不羈的後生仔？

這一切彷彿都已被打破了……

鳶？夏理罕所提及的在遙遠年代的「鳶族」？難道眞的如此不可思議，會跟自己有某種牽連？

「我從那兒來？要歸往何處？」

這兩句如同戲劇台詞的話，此時，卻不斷的在他腦海中迴響著……

何豪興走向了陽台……

他的目光似乎穿透了波光粼粼的泳池，蓊鬱的熱帶花園，再越過遠處的山巒……到達了蒼勁的 TAHITI 大地……

正有種來自那片土地的不知名聲音……

在遠遠地召喚著他！

「我總算服氣了……」

何豪興立在一艘由 Moorea 島開往大溪地本島船的甲板上，一面盯著船外側不斷變換的海天美景，一面心底暗歎。

綿延不絕的壯闊山巒，連著澄澈透青，零污染的海域，天空變得低低的，色彩華麗的雲彩，一蓬蓬，一層層傲然的聳立其間……

正如 Tony 所形容的：人在此，會被壓縮得分外渺小……

也就是莫莉亞所提及的：「眞正」的大溪地！

他頭微上昂，張開雙臂，對著這些豪邁的大山大水，做出了個迎接般的手勢……

Tony 和莫莉亞曾對他說過的話，已不再具任何的懷疑性了。

不管「鳶」在往後生命中的意義爲何？這刻的何豪興，倒眞覺的已自化成一隻鳶，隨著遊船行駛的律動，逍遙忘憂的，開展雙翅，遨遊於這一片山林雲海間……

四週散落著些褐髮，金髮的歐美觀光客……

從他們熱切的神情，斷斷續續的細碎話語中……

何豪興明曉；他們是跟他一樣，完全被這份大溪地山與海的極致之美給「震懾」住了！

有個戴著金邊眼鏡，長相有點像比爾蓋茲的男子，正拿著部古董相機在那邊不停地東拍西拍的……

「他是試著想從多點的角度去捕捉景觀，再看能不能透過這部有年份的『記錄機器』作番『殊異』的呈現吧？……」

觀察其它遊人的反應及揣測他們的心態，已成了何豪興的固定習慣，亦是在旅途中一種情趣。

隨著「比爾蓋茲」的視線移動，何豪興的目光焦點落在甲板的的末端……

一位著深藍色及膝長裙的女子依在船尾，衣袂飄然，髮絲輕揚……

她整個人趴在船身……然後，身體一點……一點的……愈來愈下去……愈來愈下去…眼看，整個人幾乎就要撲向海底了……

「Miss……」

何豪興叫著，三步拼成兩步，衝上前去……

顧不得體統，他急急就把她給拖住……

「嗄，妳……」

他和那個他認爲差點就要「落海」的女子，正面對到了……

原來，她竟是他在「高更博物館」遇到的那位！

她輕輕的把握在何豪興手中的臂膀給抽回來……

「我是有要從世上解脫的念頭……」

「但，還不致於，強烈到無法自拔的程度……」

「所以，是不會眞的去跳海的……」

「剛才，只是，頭垂得太低些罷了……」

她白了何豪興一眼；反過來，埋怨衝動的是他！

「心頭總還是有化不開的，是吧？」

何豪興和那女的邊走邊說道。

「雖然，我們彼此並非熟稔的朋友……」

「但，碰過兩次面，也算是認識了……」

「不知道你有沒有聽人說過；心事對不相干的人傾訴，比找親友要來得安全妥當……」

他鼓勵性的望著她。

「或許，我能提供給妳對事物不同的看法，甚至，眞的把問題給解決了，都說不定呢！」

「要不，講講，當發洩下也好，心情自然可以舒坦些……」

何豪興仍興致勃勃的繼續遊說著。

「像你這種熱心人士，以前，我也碰到過……」

她停下腳步，對何豪興淡然的笑笑。

「要是這樣行得通的話，我現在，就不該是你所看到這付形容了……」

說完，她又習慣性的把頭給稍稍的給低了下來。

「或許，就是這份不知其所以的憂悒，才使得這姑娘除了原先的姣好容貌外，還另外增添了份超世，淒幽的美感……」

他頗「藝術家」式的想著，暗暗對著她柔雅的側面線條半疑半讚的。

「你還是好好的觀賞風景吧……」

她的聲音自他的耳邊輕揚起。

但眼睛卻沒望向何豪興，而是看著無際的大海……

「簡單的做個『稱職』的觀光客就成了！」

她把目光再掉回何豪興身上。

「你曾跟我說過；還不太懂大溪地……」

「那就要趁機會，多了解它些……」

她對他點點頭，便逕自往船艙方向走去……

目送著她的背影，他竟感到這女子那肩膀窄窄的，瘦削身子似乎盛戴著某種屬於殉道者的悲壯……

「爲何會這般以爲呢？」

他不解的對自己搖搖頭。

「怎麼，魅力指數升高了？……」

「才一忽兒的功夫，就跟位藍衣美女熱絡起來……」

莫莉亞見著了剛才他們交談的那一幕，便走過來，對何豪興戲謔道。

「沒那回事……」

他迴避式的應著，但卻有些兒發窘。

「台北有不少怪咖，大溪地也有些吧？」

何豪興突地提出這麼一問。

「那位美女有啥不妥？」

莫莉亞訝異的望著他。

「唔，這一時也說不上來……」

何豪興縮緊了眉頭，輕咬著下唇，顯出了極迷惑的表情。

「似乎有兩股旋渦在她內在不斷迴轉著；這會兒，把她轉向西，那會兒，卻要領她往東；讓她處於極不安的狀態……」

「投身在人群中，卻不願和他們多些交通，可是，有時，又好像有意無意讓旁人觸著了她點甚麼……」

「嗯……」

莫莉亞注視著地面，沉思了幾秒鐘。

「大溪地坐擁了些美名：『人類的最後樂園』，『地球的唯一淨土』之類的……」

「但，它究竟還是『人』的地方……」

她收斂起導遊慣有的笑靨，有點嚴肅的在議論道。

「所以，總會有不好的事存在……」

「走私，販售假貨，打羣架這些也都曾發生過……」

「外地來的遊客，遇到點甚麼不對勁，最好，快快打住……」

「她是在間接告訴我；別靠那個女的太近？」

何豪興心頭悶悶的想著。

這時，他發覺莫莉亞眼裡忽地閃過了一抹詭異的，探測性的光芒……像是要在自己這個客人身上挖掘到點什麼似的……

「明兒，還有甚麼想看的？」

莫莉亞已警覺到剛剛瞬間的失態，所以，趕緊插進個話題。

「只想呆在旅館裡──『閒置』自己一下。」

「啊，也對啦，這樣才能儲夠能量，再出發……」

莫莉亞說這話時，臉上雖是掛著微笑，但語氣卻有點牽強。

「妳放心……」

「一旦，我還想出去逛逛走走時，絕對會再找妳的……」

「而不會轉到別人那裡去……」

何豪興以種撫慰朋友般的態度向這位「女地陪」承諾道。

次日，何豪興起了個大早，到泳池畔享用了一頓豐盛的元氣早餐……

不遠處，椰樹掩映著斑爛的朝霞……微風徐徐，晨光明媚。

用麥管吮著橘子汁，望著池裡身手矯捷的的「早泳者」，無形中，也傳染到一份朝氣──這才是第一個屬於自己的「大溪地早晨」呢！

清新的四周使他混身有勁，活力十足……

整個上午，他也的確沒再去煩擾一些事；父親，繼母，過世的媽媽，背上的「鳶」，那本「書」，船上的女子……

自己才二十七，三十歲都不到，無災無病的……沒理由不在一次難得的旅行中，好好享受生命與青春呵！

他邁開大步，精神的從後庭走進旅館大廳……

呀，竟然會碰著了 Tony，眞棒！

「嘿，兄弟……」

他一見到何豪興，就用了個如此親密的稱呼。

「我們這叫做『有緣不相逢』……」

「明明同住一個屋簷下，但，幾天下來，卻一次都遇不著……」

Tony 邊埋怨，邊關心的看著何豪興……

「怎樣？該已賞玩過幾處地方了吧？有沒有相信我的話一些？」

他還在意那天何豪興不太能接納他對大溪地過度推崇的事哩。

「噢，我是該對你表示歉意的…」何豪興含蓄的說道。

「道歉就大可不必了……」

「但，一塊痛快的喝一杯則是要的……」

Tony 很「麻吉」地用左手搭著何豪興的肩。

初見面時，他認爲這位 Tony，是位對生活有諸多挑剔與要求，類似貴族型的人物，外表和藹，但骨子裡，往往是不作興與人多接觸的……

此次，再遇見，卻領受了他的豪爽與熱情。

看樣子，他的個性在對內向外這兩方面，都均分得極佳。

就說他今天的穿著吧，青灰的上衣和象牙色的長褲……

屬休閒風，但質料考究，剪裁精良，穿在他高挺的西方人身材上，怎麼看就怎麼個舒服順眼。

而且，還頗具心思，在右胸別了個皇冠型的銀鑽胸飾！

這等穿著，也能算是顯現他爲人是具有高度調和行性的一種方式吧？

「不過，要飲酒，當然不是去那些千篇一律，毫無特點的酒吧……」

Tony 以某種獨有的自信繼續說著。

「而是到個眞正令人心神馳蕩的所在……」

「我在離這島不遠處，有一間酒窖！」

「包準有很多驚喜等著你……」

他對何豪興頗具意味的一笑。

「酒窖？我還只在影片中看過呢！」

何豪興眼睛閃了下。

「那兒有我自家製造的佳釀，還存放著許多，從世界各地，搜羅而來，獨一無二的怪酒……」

「ㄟ，可別又再懷疑我噢……」

他舉起起了左手中指，對何豪興搖了搖。

「我敢掛擔保，不管你好不好酒，懂不懂酒，只要去了……」

「定會覺得大開眼界，美不勝收……」

「而不虛此行的！」

見 Tony 一連說了好幾個『不』字……這形容還真像在作廣告似的。

何豪興不禁輕輕的笑出聲來。

「我對你那來這麼多的懷疑啊……」

兩人說著說著……何豪興才又額外注意到對方拎了個麻線編成的袋子……

那線的纖維極細極細，也是一種他從未見過的材質。

發覺到何豪興的目光落在自己的手提物上……Tony 索性就把袋中的物品給取了出來……

一個烏木的長方型盒子——Tony 把它打了開來，裡頭置放一個螺旋狀，金，黑二色相間，造型立體的瓶子！

接下來，Tony 竟直接就扭開了瓶蓋……

瞬時，一陣強烈的酒香便迷漫在空氣中……

儘管只聞未飲，這酒味就足讓何豪興飄飄欲仙，沉醉忘憂了……

「瞧過了這酒後，或者就能夠，在讓你還未光臨我的王國前，先建立起點信心來……」

這時，Tony 卻是用帶點權威性的命令口吻說道。

「我的酒窖中，有不少像這樣的酒，不對外銷售；由祖傳祕方釀造……」

「是別人無法得知的 tip……」

「任何酒莊，也絕對製不出相同的口感……」

他將瓶蓋放回去，把酒再密封起來……然後，將瓶子遞予何豪興觀覽。

「即使嗅不到味道，隔著層瓶玻璃的酒液，看上去，也十分的誘人！」

何豪興由衷讚美，並把酒瓶翻來覆去的檢視著……

在瓶底，他卻發現了一個圖案；

一個白白的，如雲霧般的東西……

再推敲一下；何豪興覺得「它」有些像「猴子」的樣兒……

「這是『白猿』—我最鍾愛的動物，所以，也把它的形狀，噴漆在中意的瓶子底部……」

Tony 在旁解釋。

「舉凡，通體雪白的飛禽走獸；鶴，泰國的白象，印度的白虎，北極海難得一現的白鯨……常被認爲是神的化身，或者，是祂們的使者……」

「一旦，有幸遇著了它們—就會得到好運！」

「而我個人則較偏好『白猿』—因爲，比起其他的，它似乎就多了那麼一份靈性與敏捷……」

Tony 滔滔不絕的訴說的。

「以遺傳學來說，這些白色動物，不過就是種『基因突變』現象，只不過，人類就愛在它們『變白』的這事上，大作文章，增添美好的想像罷了！」

但何豪興畢竟沒把這話給說出口。

總不能老是做個掃興的人呀。

「眞料不到，可以見識到這麼一款珍美的酒品……」

「多謝了！」

他把酒交還給原主。

「下次，你絕對會碰到更優的！」

Tony 向他擠擠眼。

他俐落的把酒放進木盒，再用袋子裝好，然後，對何豪興一揚手道：

「抱歉，有點事，得離開了……」

而才走了兩步，Tony 竟又回過頭，煞有介事的強調：

「你不知道，我可是多希望你能見見我那小小的酒世界……」

當 Tony 離開 Lobby 後，何豪興卻沒把視線從他身上移開……

他仍注意著在旅館門外似乎在等待的甚麼的 Tony……

一輛極其眼熟的車子在他面前停住了……

一個健壯的年輕人從車上跳下來……

是莫醒—莫莉亞的弟弟，替他的旅遊做了兩天司機的人！

何豪興距離性觀察著 Tony 和莫醒間的互動……

莫醒對 Tony 的態度極其謙恭；彷若他是他的頭頭般……

兩人大概在是商議甚麼事情吧……

Tony 臉色顯得有些凝重，再一次，從袋中，將酒從盒子裡拿出……

隨即，指著瓶底的「白猿」圖案，對莫醒顯出責備的樣子……

「這『白猿』對 Tony 的來說，僅僅只是他喜愛一種動物？抑或，有另外，更深層的意義呢？」

何豪興困惑的盯著這一幕。

直至 Tony 與莫醒上車離去……

他才慢慢把視線收回來。

「莫醒，Tony—是不論風派，階層都不相同的人，這會兒，卻像是一夥的……他們是在蘊釀著某項計劃？甚至，是什麼陰謀嗎？」

何豪興回想著剛才的情景。

一個本以爲清順開朗的早上，又被搞得一團疑雲了！

「哈囉，何先生……」

有人在背後用英語喚他。

這才使他回過神，轉過身去瞧……

是 Mina，那個初到時，幫他辦住房手續的櫃台人員。

「怎麼？今天，沒出去玩？」

她親切的問道。

「想想，該抽出點時間多了解『Hatty』一下才是……」

「是這樣啊……」她堆著一臉笑意。

「那晚上，不妨，就去體驗下我們旅館的 dinner buffet……」

「是戶外的呦，燈光映著池水，很有情調的……」

「還有 bend 演奏，可以聽音樂，要跳舞也行……」

「如果，純粹只是想用餐的話，在甜品區，便能嚐到各式，精製的道地大溪地小點心……」

「不論本地人，還是國外來客，對我們飯店的自助晚餐，評價都是很高的……」

Mina 把這「Hatty」的飯店餐給形容個落英繽紛。

「幾點開始?」

何豪興問。

「六點正。」

「那妳替我訂七點好了。」

何豪興略事梳洗，換了套較正式的服裝後，便在七點差一刻時，來到了游泳池畔……

只見池的週遭，置著一個個的小圓桌……

每桌都放了盞玲瓏的小檯燈，及裝了水的迷你玻璃缸—缸面飄浮著一朵朵紫色的鈴蘭花……

何豪興在服務人員帶領下，在位置上坐好後……

便開始先研究下這頓晚餐的「景況」……

燈光與水光柔和的交織著；映著整個旅館後院，閃閃爍爍又朦朦朧朧的……

池子的正前方，一個小型的五人樂隊正在演奏一支美國老歌：「最後的華爾滋」……

有兩對白人老夫妻，和著這番明亮華麗，卻又有些哀怨的旋律，在一旁翩然起舞……

何豪興先靜靜地享受了一下氣氛，才去拿餐……

他夾著用自助餐時必取的義大利麵，又不禁想起了……

母親在世時，他們一家三口，最常去吃也就是這種飯店式的 Buffet 了……

之所以如此，全肇因於父親的「自由主義」……

他認爲即使是感情再緊密的至親好友，也該各別保有自己的天地……

這種自助餐，每人都能不受拘的，選擇他所要的食物種類及其份量……

一頓飯下來，也不必一直在那邊「正襟危坐」，還可以隨處去走動……

現在看來，他的這般主張，也有某種對其本身的作用……

自助性的食物，大多數都不甚對味，全家人最主要還是在於享受那種親子相聚的溫馨……

思緒一飛到那頭；心情和胃口都要打折扣了……

除了麵以外，他就只揀了點沙拉和炸蝦……

而當他轉過頭，正欲返回座位時……卻發現了在邊邊的桌子，多了個人！

她—穿了件銀灰的，胸前有根飄帶作裝飾……

正對著桌上那個盞小檯燈在沉思。

還是那付自個兒想自個兒的事，與眾人「劃地自限」的樣子。

「能坐下嗎？」

他走到她所坐的桌子旁邊，低聲問道。

「請便。」

他放下餐盤，和她面對面坐著……

「三天—就碰到個三次……」

「是蓄意製造？還是，就有那麼巧的呢？」

何豪興探索性看著她，掩不住一臉的的困惑。

「你是遊客，有些地方是一定會到的……」

「而我……」

她稍稍停頓下。

「常常，沒事就去『高更博物館』蹓躂蹓躂……」

「這『Hatty』的晚餐，是遠近馳名的……」

「我三不五時，也會來，享受這種 feel……」

說完後，她就用她纖細的手指輕輕的去撥弄水缸裡的花瓣。

這般的答法，似乎並無具體的指出；

他們幾次的碰面，究竟是人爲還是天意?

但，何豪興也並沒再繼續追問下去。

「應該可以知道妳的名字吧？」

他遞給她自己的名片。

她瞥了一眼名片上的字，輕聲的說道：

「我叫千璃……」

「千年別離？」

不知為何，何豪興一下子就將她的名字和這種不祥的意味連想在一塊。

「不是的……」

她糾正道。

「千是『大千世界』的千，璃是『琉璃』的璃……」

「含義是：希望在俗世紅塵中，能擁有顆如琉璃般淨透的心；看清一切，纖塵不染……」

「嗯，應該是這樣，才是比較有意義的……」

何豪興對剛剛一時口急，替她名字作錯誤的解析，感到有些羞赧。

千璃講完了自己的名字，卻發覺何豪興的目光仍停駐在她臉上……

似乎在這般暗示她……

「妳該繼續把自己的事說下去……」

「我生在中國大陸，原本是個孤兒……」

「六歲那年，被一戶徐姓人家給收養……」

「他們要移民到此地，我也就跟著來……」

她拿起了水杯，用姆指撫觸著那青色的玻璃質，似乎是懷想起初到此地的歲月……

「大溪地是很能令人放鬆的一個地方……」

「而徐家又是個富有家庭……」

「因此，在這兒，我實在沒啥好煩的，吃穿用度，也都不虞匱乏，還到過巴黎，唸了幾年書……」

她喝了口水，抬起頭，微微一笑道：

「所以，出身雖不幸……」

「日子卻過得並不苦……」

「她雖說她日子過得並不苦，卻怎樣，都感受不到她曾有任何快樂的情緒在其中……」

何豪興又瞧瞧細瘦的千璃；總是不見她開朗些……

「我全名該叫徐千璃……」

「不過，唸起來，有些嫌拗口……」

「週遭的人，都一直都只喚我作『千璃』而已……」

她又作了此番解釋。

「是的，千璃……」

他對她輕輕地頷首。

「也別只顧著感覺，而讓腸胃空的難受……」

何豪興見到千璃面前空空如也，並無任何餐飲。

「有時候，滋美的食物，也像爬山健行一樣，有助心情的……」

他由衷地，關懷性的對她說。

千璃一言不發的站起來，往 Buffet 區走去。

待她回座位後，又著實讓何豪興吃了一驚！

她的餐盤中，並無任何東西，只除了顆綠色的果品。

「嗄，妳根本勿需節食呀！」

他叫道。

「我並不是爲了維持身材，才這麼做的……」

千璃有點懶懶的應答著。

「大溪地的特產裡，最突出，獨一無二的……」

「在我看來；並不是那些一般人都會選購的；黑珍珠，木瑾花味道的香皀，茶呀，酒的……」

「而是 pomelo——大溪地才有出產的葡萄柚品種……」

她用餐刀將盤裡水果切開來，分了半顆給何豪興。

他看了看自己手中這一半的 pomelo……

皮比他所見過的葡萄柚要薄些：果肉細緻，呈透明的水晶白色。

他用匙子挖了一小口，放進嘴裡……

再用齒舌去擠押果瓣，讓汁液流出，使果實的氣味能整個充塞在口腔中……倒是挺清甜的，不見這類的果物常有的酸苦。

千璃則是在那邊秀氣地一小匙一小匙挖著 pomelo……

食相文雅，得宜，桌面也一直維持著整潔乾淨……

「難得喲……」

何豪興心底嘆著。

「萬一，去吃麻辣鍋，還是，北京烤鴨，而非得變成一付食得滿頭大汗，咂嘴吮舌的模樣的話，就可眞難爲到這位淑女了……」

他有點惡作劇似的在亂想著。

千璃還在慢條斯理的食著她的寶貝水果，何豪興卻三兩口地就把它解決了……

樂隊此時奏起了一首優美的法語歌曲「玫瑰人生」……

他不覺的就跟著哼唱了一下，而後，突然間，福至心靈般，他向她伸出了手道：

「賞個臉，跳隻舞吧。」

於是，千璃便和何豪興同時從座位立了起來……

兩人共舞時，千璃卻仍沒很投入其中，半垂著面，整個人像是仍環繞在自己的心事中……

她半依著何豪興，這是他離她最近的一次……

在夜色的拱托下，這女子看上去，有些像幻化出的一道光影─神祕，動人，但卻不怎麼眞實……

即使不會去否定她的美貌，但或許，也有些人並不能接受此種型的「美」─帶著那麼點虛弱與病態。

曲子很快就演奏完畢……

他牽著千璃，返回了原先的桌子……

「『跳舞會令人開心！』這句話，明顯的，對小姐您，是沒起任何作用的……」

待坐定後，何豪興對千璃坦白的講著。

「這是條慢歌，旋律總是沉緩些……」

她抗辯道。

「說不定，等下，他們也會彈些節奏輕快點的曲子呢……」

「但，我卻眞的必須走了……」

她已經起身離座。

「謝謝你！」

她溫溫地說，眼裡倒是透著一絲眞誠。

「她在謝些什麼啊？」

何豪興覺得好笑。

「是我該謝她陪了我這麼一段？而她對我，絕大時候，該都屬於是『敷衍』及『忍耐』的吧？」

他猶記得；以前旅行時，常看到一些無聊過頭的觀光人士，抓著了個人，就儘在那邊東拉西扯，囉嗦個沒完的……

在千璃的心目中，何豪興懷疑；自己是否也被她歸類成他們其中的一份子？

待千璃走後，他卻仍留在原處，直到……

餐飲全被撤掉了，樂隊也停止了彈曲……

甚至，燈光也都暗去大半後……

才回房去。

並非想要把這頓飯的本給撈回來……

而是，完全受到千璃的話影響……

想多沉浸在這番氛圍一會！

來到房門口，何豪興才發覺，自己放在口袋的房卡，竟不知在何時給掉了……

向櫃台重新申請了張……

打開門，他即刻在房間查驗了起來……

護照仍穩穩的躺在保險箱中……

行李安然無恙，無半點遺失…

房間裡面的設置用物，也一切照舊……

只除了……他放在床頭邊……

那本有「鳶」記的「書」！

何豪興在床沿坐了下來，開始思索起來……

如果，房卡是被外邊的人偷走，而不是自己不小心弄丟的，那麼，拿走書的人也該就是這名竊卡者……而非隨時可進入房間的旅館人員所爲。

會是誰偷了卡呢？

靠近過自己身子的，唯有千璃而已！

共舞時，她看上去，相當心不在焉……

可是，自己呢？卻也不免有分神的時候……

在這一刻，卻已用不著只是去「猜疑」她了……

他從地板上拾起了根女性的髮絲……

長長，細細，柔柔的……再從它的色澤，髮質去加以辨識—他已能確定這頭髮究竟是屬於何人的了。

何豪興倒並未產生種被欺騙的悲傷，而是有了份陷入更大疑團的不安……

千璃絕非一般性的竊賊！

她甚麼都沒帶走，就只取走了本換不到半個子兒的，簡陋的……甚至於，都還不能稱得上是「正常」書的「書」！

而它本來也就不是屬於自己的物品。

只是，偶爾，隱隱約約，會有那麼點，似與它有所牽連的感覺……

他搔了搔背……

想起了上頭，那個無從解釋起的「鳶」記……

自從住進這家旅館後，他就已習慣了；一遇到胸口發悶，就反射動作性的，往陽台走去……

站在台邊，他略俯下身去—有點像當時千璃的在船上的姿勢……

他凝視著在面前的這幅「Hatty」後院的夜景圖……

泳池週圍已一片沉寂，只有，幾盞燈火，寥寥地點綴著……

幾小時前，卻是衣香舞影，樂聲繚繞……

還有那個蒼白，飄忽的……

她現在究竟在何處？

會用那本書做甚麼呢？

何豪興的眼光落得更遠了……

在那片蓊鬱的花園中，仿若有甚麼東西在那邊蠕動著……

他憑著自己絕佳的目力和池畔燈光有限的照射下……

看出有個黑黑的人身，半趴在那，樣子像在呻吟……

該不會是受傷了吧？

一旦，有了這般認爲……

何豪興便飛也似的奔出了房間……

他走進了那個葉枝糾結，盤根交錯的園子……

扶起了一位一身黑的男子……

這時，他對著的……竟然就是那張來旅館途中，驚鴻一瞥，「黑影子」的面孔！

鮮血從他的右胸汩汩的流出……

「我送你去醫院……」

何豪興完全是直接反應。

「哦，不需要……」

對方無力的答著。

「眞的……」

「拜託你，帶我回家就行了……」

他央求道。

何豪興愣在原地；他這樣一講，反讓他不知該如何是好。

「你一定得照我的意思去做！」

他注視著何豪興……

目光深幽而堅決。

# 第二章　天的民族

何豪興叫旅館門房招了輛計程車來後，便扶著傷者，坐了進去……

照著指示，司機在一棟斑駁，已有些陳舊的深米色樓房停了下來……

他揿了揿門鈴，一位女子來應門……

「啊呀，爸……」

「這是怎麼弄的？」

女孩一見到身體流血，傷著了的父親，便如此驚叫起來。

「沒事，沒事……」

「黑影子」灑脫的揮揮手。

「有妳在，還會有甚麼問題……」

他不在意地對女兒笑笑。

於是，何豪興便和那女的一同把他攙進屋去……

坐定後，女孩即刻拿出個急救箱……

箱子打開來；綿花，繃帶，雙氧水，藥膏……一應俱全，甚而，還有些簡單的醫療用具。

她先是仔細檢查了下父親的傷勢，隨後，便動作熟鍊的處理傷口；消毒，敷藥，貼紗布……

「還好，沒傷到筋骨，僅僅是皮肉傷而已……」

她可是大大的鬆了口氣。

讓女兒治完傷後，瞬時間，「黑影子」似乎也就放寬了心，連帶的，亦精神百倍起來！

「我女兒—海樂，本來是在台灣唸醫科的，學校放暑假，這丫頭就陪著她老爸殺到這海島上來了……」

他指指眼前這名年輕的女子，語氣間盡是欣慰與驕傲。

「沒錯……」

「在台灣機場，坐在你前面，看小說的人，就是我……」

海樂對何豪興釋疑道。

因爲，打從門口一照面開始，她就已留意到，他一直不時的用困惑的眼神在注視著自己……

「那本『鳶族』簡冊，也是我留下予你的……」

「而且，還和你搭同班飛機，坐一樣的機艙……」

「還有聽到你在找尋書失主的廣播哩……」

何豪興臉上不覺地就帶上了成串問號。

「在你闔眼小眠後，我就進了盥洗室……」

「先是把長假髮及戴的花拿掉，變回原來短頭髮的模樣……」

「再脫了那件黃洋裝，換上白襯衫，牛仔褲……」

「臉上的妝也全部洗乾淨，並架上付眼鏡……」

「就這樣，鏡中的我，和十幾分鐘前的我，已判若兩人……」

「夾在乘客中，除非，是走到我面前來，極小心的看……」

「要不然，是很難認得出來的……」

他終於恍然大悟了。

現在，身在這屋裡的海樂，一頭微捲的短髮，脂粉未施，一身家居的便衣裙，散發清純的學生妹氣息……

同樣的，也是沒法和在登機門見到那個炫麗，耀眼的大溪地型的女郎給想在一道兒去……

剛剛，乍見時，他是有感到她的臉龐輪廓「似曾相識」，但，又無法確定，所以，才那麼不對勁的猛盯著她瞧。

海樂講述完自己的事後，便望了望父親，像是在提醒著他：

「該跟咱們的客人說說事了……」

「黑影子」換了個坐姿，調整下呼吸……

然後，凝重地，嚴肅的開始述說：

「約三百年前，有一群血緣相近的族人……」

「極端不滿意當時的朝政及民間情況……」

「所以，乾脆就遷移至滇，緬交界的山區，遺世獨立，自成一族……」

「山峰高聳入雲，直至天頂……」

「因此，這些人又自詡為『天的民族』……」

「希望人也能如天般遼闊，長生……」

「然而，在山區生活，卻遠比平地來得辛勞許多……」

「不時被饑餓，嚴重的疾病，過早的死亡所困擾……」

他微微地嘆息，就像他親身經歷過當時的情形。

海樂端來了冷飲—一整壺的熱帶水果茶……

色彩鮮豔的果片：鳳梨，柳丁，奇異果，蘋果……浮在亮褐色的茶液中，另外，還加上鮮綠的薄荷葉。

這時，何豪興才發覺到喉頭已乾得冒火……於是，毫不客氣的，咕嘟咕嘟的就灌上一大杯……

他舒暢了很多，但，牛飲的模樣，卻使這對父女忍不住發笑了起來……

而海樂的父親卻只是意思性的輕啜了點，放下杯子，就又迫不及待的投入講述中……

「但，在這山域之中，卻發生了一種不可思議的緣份……」

他頗有所感的點下了頭。

「幾十隻的鳶，主動的，用他們的嘴叼來的食物，治病的草藥，及一些生活所需。」

「而且，還來來回回許多次……」

「就這樣，前面所提到族裡的幾個問題，得到了大幅的改善……」

「自此後，天族們，深信『鳶』即是他們的守護神，和族人心意相通，並會帶來福祉……」

「於是，『鳶祭』便成了他們最重要，絕對不可或缺的祭典……」

「另外，也選擇了『鳶尾花』作爲代表性的吉祥物……」

「『鳶祭』每個步驟都相當嚴謹：撒米，散花，迎神祝禱，燃火……」

「而只有經過精心挑選，十六至十八歲，面貌清秀，健康純潔的少女，才具資格擔任祭祀的工作……」

何豪興腦中隨即印上了那本「書」其中的一個圖象：穿著有鳶尾花花樣的衣飾，繞火而舞的女孩們……

「所以，『天族』也叫自己爲『鳶族』……」

「黑影子」語氣加重的說道。

「族人一直認爲他們從鳶神那兒，獲得了智慧與能量……」

「事實上，似乎也是如此……」

他臉上閃動著光輝與榮耀。

「『鳶族』本身發展了不少高超的技藝：醫藥，刻印，織染……甚而，樂曲舞蹈的創作……」

「『緋絹』就是其中的傑作之一？」

因爲對方有提到「織染」，所以，何豪興便提上這一問。

「你怎麼會知道那本書的質料是叫『緋絹』呢？」

「黑影子」有點吃驚。

「獲高人指點……」

何豪興語帶保留的笑笑；想起了在飛機上和夏理罕相處的那段……

「鳶族人所製造出物品水準之優，往往是當今人類所望塵莫及的……」

他深深感慨著。

何豪興亦覺得自己首次接觸到『緋絹』那種奇特質地的悸動性，依然存在，而未曾消退……

「這支活得如此高格調的民族……」

「最後，仍抵不住外族的侵擾……」

「散得七零八落，而終至滅跡……」

「黑影子」眼睛朦朦的，隱約泛出點淚光。

「但，用『滅跡』兩字，卻又並不全然正確……」

他拭了下眼睛。

「族中有多位重量級的人物，帶著完整的鳶族文化傳統……」

「隱入了人羣，也換了姓氏名號……」

「但他們卻仍已鳶族人自居……」

「而且，還一代一代的傳下去……『鳶族』觀念仍深植該是鳶族的人心目中……」

突地間，「黑影子」立起了身子，張開雙手，作了個飛翔般的姿勢，接著，便雙膝著地，對何豪興行了個參拜的大禮……

「您是『鳶族』第二十七代的領導者，而我，則是『鳶族』第二十六代的總祭司……」

「所以，不管過了多久，經歷何種變遷，我們仍需以您爲尊，事事服從……」

「噢，不，這可千萬使不的……」

「我一個後生小輩，怎擔當得起呢……」

何豪興趕緊把他拉起。

「大叔，該怎個兒稱呼您？」

他問「黑影子」。

「我叫李衛—木子李，侍衛的『衛』……」

「衛叔……」

他向他鞠了躬道。

「這其中，會不會是有甚麼誤會？」

何豪興對李衛的話簡直是聽得一頭霧水。

「因爲，我在台灣時，生活中，從沒出現過任何『鳶族』的影子……」

「而且，家裡的族譜也有記載；祖先們原是從福建遷移來台的……」

他抗拒性的說道。

實在，很難一下子，就得接受自己的家世要來這麼個驚天動地的大轉變。

「何太太有先天性的心臟病，並不適合生育……」

李衛注視著何豪興，認眞地在解釋。

「其實，你的生父叫楚雄，祖先是『鳶族』的統治者，生母名喚黃婉，也是這個族的後裔……」

「這樣子的結合，堪稱是完滿了……」

「你的出世，也的確讓他們夫婦倆感到非常開心……」

「尤其是，你的生父對你這小嬰孩一開始就抱著種期待：極希望，將來的你能運用自身的力量，去替爲數有限的『鳶族』完成此事……」

他語意深長的說著。

何豪興則仍處於半信半疑的狀態。

「但，他們卻沒福份看到你的成長……」

「在一次飛機失事中，喪生了……」

李衛又指了指眼睛。

「那次，你生身父母是到國外旅遊，所以，便把仍在襁褓中的你，託付在保姆那兒……」

「對楚雄主子—我一直都盡著保衛的責任……」

「因此，本該由我來收養你的，但……」

他搔了搔鬢邊。

「當時，我老婆還在，海樂尚未出生……」

「我經營小吃店，環境並不太好……」

「而恰巧，我的友好，也就是你的養父—何瑞興，和他太太正急於領養個小孩……」

「何家的塑膠生意做得很成功，經濟條件好，何氏夫婦又都是有愛心，明理開朗的人……」

「所以，就決定把你交由他們帶大，認爲這樣，會比跟著我要強多了……」

望著李衛對著自己那種慈愛又有些歉疚的神態，何豪興不覺地就心頭一緊…竟會有些惻惻然起來……

「看你現在一付健壯，精神的模樣，想想，當初，也的確是做對了……」

李衛嘴角泛起一絲笑意。

「我和你養父母也約定好……」

「暫且就不去提你和『鳶族』的關係……」

「讓你能輕鬆，無壓力的渡過你的成長期……」

他誠摯而溫和的說著。

「衛叔……您眞的就是圖書館那個『黑影』嗎？」

待談話中斷會，海樂又過來增添了茶水，和一些榛果小餅的點心後……

他便如此小心翼翼的發問道。

「嗯……」

李衛頓了頓。

「『古源』圖書館的創始人—劉古源，他的祖先是族中的文化官……」

「掌管有關文藝之類的事情—『鳶族』原是有自己的創立的文字及獨立的繪畫風格……」

「你在那本冊子裡，應該有看到這些……」

他向何豪興揚了揚手道。，

「余古源在他生前，蒐羅了不少『非常性』的書籍，置在館中……」

「而其中，有不少的書，都有我們這支民族的影子……」

「好比理論性的『人性與自然』，講禮制的『古之祭』，微風的小說『母子神鳶』……在字裡行間，都曾隱隱透露出『鳶族』的存在……」

何豪興微張著嘴，對李衛的說法，現出一付不可思議的模樣。

「我和你不同……」

「父親是從小就灌輸我『鳶族』的觀念；我熟知其中的一切；就像我曾經和在山中的族人過著同樣

的生活般……」

「以至於，能完全體認到『鳶族』的祭司，是必須永遠效忠著他們的首領，亦要終生守護族人的……」

李衛那張有著歲月痕跡，不甚平整的面龐上，掠過了一抹激動。

「任何跟『鳶族』有關的細末點滴，我都不願放過……」

「『古源』的時間開放，是有限制性的，閱讀或外借的規矩也都不少……」

「『少量藏書』部，更是如一座禁城般……」

「所以，我只好用其它的方式入館，以便隨時都能翻閱我要的資料……」

「啊，那你是怎麼能夠，一下子，突然出現，眨眼間，卻又不見了呢？」

「就像有法術似的……」

何豪興對此頗爲不解。

「我家離圖書館不過數步之遙，在我的房間，開了個地下道，直通到『少量藏書』的隔間，那兒靠窗的第一，二塊地板是活動的，可以隨時取下，進出地道……」

「所以，我只要在你眼睛梢微離開下時，就可以造成即刻消失的效果……」

謎題開解了……誰知，李衛竟又語出驚人道：

「陳煥—他是『古源』的元老，亦是我相交多年的摯友……」

「是他替我找來圖書館原先的平面圖，暗暗完成了這項設計……」

「煥伯？」

這一刻，何豪興才弄明白；當他向這名老者，講述「黑影子」的事，他那種無動於衷的從容態度，並非因歲月歷鍊所致，而是「另有其因」！

「這件斗篷式的黑衣，原本就是『鳶族』祭司服樣式，也正好適合用來掩飾我原本的面目……」

李衛邊說邊整理衣服上的縐摺。

「或許，在某些人眼裡，這些行爲，也是太率性了些，是吧？」

他尷尬的笑笑。

「請恕我冒昧……」

何豪興有些不安地揉擦著雙手。

「即使我並非我父母所親生的……」

「但，卻如何證明我眞是『鳶族』的一員呢？」

他仍是滿面疑問的對著這位自稱是『鳶族』祭司的人。

換言之，他是無法只聽對方的一面之詞的。

「你該知道，你背上已多了個『鳶記』……」

李衛銳利的掃了何豪興一眼。

「『鳶記』—就只有鳶族人才能擁有的標誌……」

他的聲音果決而有力。

「打上『鳶記』的刻章所用的印泥；滲和了一種天然的植物汁液，而就只有貨眞價實的『鳶族』人體質，才會對此番的成份起反應……」

「使印泥能在他們的皮膚上顯出顏色，而成功的完成這個烙印……」

「我們試驗了好幾次；對非『鳶族』的人，的確是沒法印出這個記號的……」

李衛攤攤手道。

「你在出發到大溪地前，曾找家庭醫生做過健康檢查……」

他看了看他的「小主子」。

「那位常醫生—也是我們鳶族人……」

「你身上的『鳶記』，正是他在替你做檢測時，悄悄地印上去的……」

「呀……」

何豪興不禁有些駭然。

「常醫師，其實，是位非常了不起的大夫……」

在旁邊一直沉默著的海樂，突然插進來表示意見。

「不僅精通西醫，對鳶族傳統的草藥知識，也鑽研得非常透徹—他的病人就有不少在這方面受惠的……」

「而我本身，除了受正規的醫學院教育以外，另外，也在他那兒，得到很大的啓發……」

「他總是一付極有耐心，好脾氣的樣子，不藏私的教導我……」

「比學校的那批教授，都還強哩！」

她用安撫性的口吻，對何豪興說道。

想試著讓他明白：這位常大夫絕非陰險狡詐之徒，而是有善德的醫者。

接下來，她便重新替自己的父親及客人的杯子注滿水果茶，並替他們在各自的餐盤裡置上兩枚小餅乾。

「而你會到這塊法屬地來，也並非『偶然』……」

李衛繼續往下說明。

「我們知道你很愛去外地旅遊……」

「也有探聽到；你原有個大學時期的死黨，叫馬吉生的，在『海天』旅行社做事……」

「於是，便叫他向你推銷打過折的大溪地機票—但，私底下，卻是由我們來補足其中的差價……」

「怎麼？又來了場誤會？」

何豪興喃喃自語道，臉上現出了三條線的想：

「原以爲，是阿馬那小子，給了自己個超『怦』的友情價，誰知，事情竟是怎麼個來著……」

「在這地球上，著實，已經很難覓得一處地方，能夠有著如大溪地般的天然與靈氣……」

李衛慨然的嘆道。

「而它這種特點，即被散落的鳶族們，當成是最類似他們『天道』信仰的寶地……」

「因此，有不少『鳶族』聚集於此，認爲這樣，便能接近到他們思想的源頭……」

「我和海樂，長年住台灣，但也不時會來到這兒……」

「借住在這幢由族人所提供的屋子裡……」

李衛對週遭的傢俱掠了一眼。

「你今年是正好滿二十七……」

他又恢復了先前看著何豪興那番嚴正的目光。

「『二十』是『十全十美』成對的意思，『七』則被視爲象徵完整的數字，『二十七』便有『雙美』加『完整』的含意……」

「所以，『二十七歲』向來被鳶族的人們視爲最圓滿光輝的年齡！」

「你已到達了這個年紀……」

「身份是該被揭曉了！」

他慎重的表示。

「但我們不想，做的太突然……」

他稍稍停了下，放低聲音的說道：

「所以，先安排你到這堪稱是鳶族副國的南太平洋樂園來……」

「在你候機時，海樂便趁你打盹時，放下了那本關於『鳶族』簡述的冊子……」

「希望，能不著痕跡，依循漸進的導你進入『鳶族』的世界……」

李衛情切的，充滿期待性的述說這過程。

「那……我進『古源』工作，該不會又是你暗中敲定的吧？」

聽到這種種，使何豪興禁不住來上這麼一問，聲音已有點不甚悅愉。

「噢，不……」

他搖搖手。

「完全與我們無關……我是去到那圖書館後，才發覺你在裡頭擔任管理員。」

「你是換掉了黑色裝束，讓人認不出後，再和海樂一樣，和我搭同班飛機來此？」

「可是，到達目的地後，你又穿回原先的衣服，並跟蹤我至旅館？」

何豪興一心要釐清所有的眞象。

「第一項，你倒是說對了……」

「但我沒必要尾隨你，因爲，馬吉生會告訴我，你在這的落腳處……」李衛回答道。

「又是馬吉生……」

他恨恨的叫了一聲。

坐得過久了，雙腿竟有些發麻……

於是，何豪興便從座位上立了起來，走至窗戶旁，讓自己活動活動……

外頭，除深黑一片外，還有些…

朦朦朧朧的樹影，三三兩兩的疏落燈光……

這大溪地的「夜」—竟是如此之「靜」，簡直是靜得絕對，靜得出奇，靜到骨子裡去了……

但，這種『靜』卻仿若隱蓋了更多的騷動與風波在其間……

「衛叔……」他叫道。

「你們怎能如此有把握，我一定會上這兒來？又把那本書一直帶著？」

「孩子……」

李衛走到何豪興跟前，雙手搭在他肩上，柔聲而篤定的說著：

「你是天的子民，『鳶族』的後裔，身上流著此種血液……」

「『鳶神』就會引領你的方向……」

於是，何豪興不再吭聲了。

不覺地，也就憶起了……那時，在陽台上，產生的那番像被甚麼所召喚的強烈預感……

他本是有想告訴李衛，那冊有著『鳶記』的書，已不見了的事實……

但怕這一講，將會引起對方的不快，因此，話到嘴邊……又給嚥了回去。

而李衛，大概是該說的話都說完了……

整個人也就輕鬆了下來……

他作了個把手插進口袋的優閒動作……

但，剎那間，他的臉孔卻極不自然的抽搐了一下……

然後，從袋裡掏出一粒細細，閃閃的碎鑽。

他把它托在掌心，審查了下，才如此臆測道：

「該是從突擊我的人身上掉的，不巧，落進我的衣服袋裡……」

何豪興在旁看著這枚碎鑽……它的形狀，大小，亮度……

好似……曾在某個飾物上見到過……

然而，同樣的飾品，任誰都可以買來使用……

所以，不能即刻斷定，它就一定是專屬某某人的……

於是，他沒再多慮下去了……

可是，不知爲何，竟感到；在李衛手掌上那如水滴般大的碎鑽，似乎，慢慢的旋轉起來……

且愈旋愈快，愈旋愈快……碎鑽也跟著越變越大……

最後，形成個旋渦般……

將他旋至其中……

動彈不得。

何豪興回到旅館，已是第二天早上八點多了……

李衛留他用早餐，另外，又多講述了些『鳶族』的事予他……

「豪興……平時，我就這麼個叫你了……」

李衛在餐桌上如此表明。

「我知道，你的父母對你簡直是苛護備至……」

「甚至，會令人錯覺以為；他們其實是在養女兒，而不像是在帶兒子……」

他又著炸好的培根，帶點批判性的說。

何豪興低著頭，有點汗顏，卻又找不到適當的話來回應。

「所以，你一直吃的都是『安樂飯』……」

「現時，既然已明瞭自己和『鳶族』的關連……」

「就得先改食『龜苓〈歸零〉膏』一下……」

李衛吞了口培根加蛋道。

「甚麼呀……」

何豪興對他最後一句話，有點摸不著頭腦。

「侵擾過『鳶族』的外族，即使，歷經了那麼多代，依然，不放棄他們的目的……苦苦的在追逼著我們……」

「我的傷，也就是這樣來的……」

他撫了下胸前的傷處。

「你已經滿二十七了—不管怎樣，事實上，就是必須成為『鳶族』的領頭者，敵人也不會不探知這點……」

他沉重地呷了口咖啡。

「因此，你得試著放棄過往的生活型態—讓自己『歸零』……」

「來面對隨時到來的危難險阻，甚而，還要來上場智力大考驗……」

「原來如此……」

何豪興總算懂了「龜苓膏」這三字所指爲何。

「另外，你還必須去見這位女士……」

李衛給了何豪興人名及一個法文住址。

「紫鳶—我們稱她爲紫鳶姑……」

「她堪稱是現存『鳶族』的教母……」

「懂得我族最多的祕辛，是最深入『鳶族』文化的人……」

「她也在盼望著你去……」

李衛深深注視著何豪興。

「告訴你些事情……和……」

「交給你一樣重要的東西！」

何豪興是聽話地收下了有名字和地址的小卡片。

「但，我眞要去找那位甚麼『紫鳶姑』的嗎？」

「成爲『鳶族』，而改變現有嗎？」

他輕咬著綠色蜜瓜片的邊緣……

內心躊躇著。

當何豪興走進「Hatty」大門的刹那間……

感到自己幾乎是一分爲二……

昨晚，他出這道門時，仍是原先那個不知世間愁的傻大個……

此時，再穿越此門，竟成了位像是必須肩挑某種重擔的幫會頭頭似的……

一入內，莫莉亞便隨即迎了上來……

「不好意思，我今天仍然不想外出……」

他對她歉意的笑笑。

「何先生……」

莫莉亞用舌頭潤了潤上唇，顯示出像有甚麼重要的事，急欲明說的模樣。

「我想，你必須曉得……」

「中國有句話：『一日爲師，終生爲父』……」

「而我們則是『一次爲客，此生爲客』……」

「做這行，並不止是想跟遊客多作幾攤生意……」

「在他們的其它方面，也是要眞心實意的去關懷……」

她很用力的把話說完。

「現代企業的精神呵！」

何豪興對莫莉亞眨眨眼，神情也不覺地就放鬆了下。

多少也直覺到何豪興的情況有異，所以，莫莉亞便作出這樣的提議。

「談談，好嗎？」

他們面對面的，在旅館 lobby 所設置的籐椅上，坐了下來……

「看樣子，你是度過了個『白夜』─整個晚上都沒睡……」

望著何豪興無神疲憊的雙目，莫莉亞有意讓自己的語氣聽上去能平淡點。

「一言難盡……我還是原來的我嗎？」

何豪興低垂著頭，神經質地玩弄起手指頭來……想到，剛剛，手還握著那個「鳶族教母」的住址哩！

莫莉亞大概也猜到發生了甚麼，於是，她慢慢的把右邊袖子捲高……直至手臂上方……

一個「鳶記」清晰的顯現其中！

「聽衛叔的口氣，現存的『鳶族』人並不多……」

「這會兒，怎麼，卻像無所不在似的……」

何豪興困惑地注視了莫莉亞膀子上的記號一會兒。

「這裡是他們的大本營呀……」

她回應道。

「你口中的衛叔，是祭司世家的李衛吧？」

「我認識他……」

莫莉亞撥了撥頭髮。

「那是不是，打從我踏進這旅館時，妳就已經知道『我』了呢？」

何豪興想：這該又不是李衛的「佈置」吧？

「我可是也想做成這場生意呵！」

莫莉亞反而笑開了。

「『鳶族』是個很有價值的民族……」

看出何豪興對是否要歸返『鳶族』的事而產生出那種不確立，反覆擺蕩的心態，她便試著如此的開解。

「靠著他們的慧根與巧智，所創造的許多東西，無論抽象或具體的……」

「以今天的我們來看，別說，想要去模仿了……」

「往往是連理解都無法理解……」

莫莉亞的面孔發亮，閃耀著一份屬於民族的自尊心。

「經過了那麼多代，族人仍信守著忠誠與團結的信念，絲毫都不見削弱……」

「這又是有幾支民族能望其項背的？」

「『鳶族』即是『天族』—天所選擇及垂愛的民族！」

她聲音鏗鏘，字字明晰，不容人有駁斥處。

何豪興是被她說得有點心動了；他掏出那張小卡片……

莫莉亞一見到上頭的字，就開心的叫出來：

「紫鳶姑啊！」

「我跟她簡直是『熟透』了！」

她再看看何豪興無神的雙眼。

「這樣吧……」

「你先回房睡會，養足精神………」

「兩點正，我再來找你去紫鳶姑那兒……」

「帶個熊貓眼去見人，總不太好……」

「還得修飾的整潔些……」

莫莉亞指了指何豪興下巴的鬍子，像個大姐對小弟般。

講完後，她甚而，不等何豪興的反應，就自顧自先從椅子上站了起來……

「『紫鳶姑』的屋子，是個『綺麗世界』……」

「很有看頭的哩！」

莫莉亞還和何豪興這般的邊走邊說。

把待會兒要訪人的事，說成個要去觀光似的……

「莫莉亞……」

當何豪興的視線一觸到大門口時，卻又不自禁的想起了……

「昨兒，我發現到莫醒和一位叫 Tony 的酒商，在『Hatty』門外，似乎是，有什麼爭端……」

他想趁機看看是否能解開這疑團。

「你見到的那個呀……」

「莫醒，平時沒事，就好喝兩杯……」

「老是想用較低的價錢，去買高貴的好酒……」

「那些酒業人士，當然，都不是太樂意……」

「所以，他也就常和那些人起口角囉……」

莫莉亞倒是答得一派輕鬆自然。

但何豪興卻感到不似這麼回事；那情景較像是：Tony 在責備莫醒辦事不利……

也許，莫家姐弟也有著不欲爲人知的苦衷，私隱……

一想到這點……

何豪興便沒再追蹤下去了。

回到居住的樓層，對面的房間，新搬進一位黃皮膚的中年女客……

她正在跟服務人員用著英語在那邊吵吵嚷嚷的……

「我不是在電話中交待得清清楚楚的？」

「房中到處要有粉紅色的香水百合……」

「是顏色明亮，有好氣味的那種…」

「你們擺的是什麼？」

「普普通通的白百合……」

「這跟住殯儀館，聞消毒水，有啥兩樣？」

她的音調愈提愈高。

「礦泉水，指定要『維拉』的……」

「可是，房裡供的還是原先那些雜牌……」

「喝了它們，我可是會全身發疹子，整晚睡不著……」

女子把手叉在腰上，不停地數落道。

「還有，招待的那盤水果……」

「那能叫『水』果』呀？我看，是『果乾』還差不多……」

「也不知道是放了多少天的……」

服務員向她道歉，並表示：

儘快把她要的花和水拿來……

新的果盤也會迅速的送到……

「ㄟ……」

她一付仍舊未放鬆的樣子。

「做錯事，是否該對客人做出點補償？」

「我們可招待一頓免費的午茶……」

「一頓？」

女的竟驚聲尖叫起來。

「你們總共犯了三個錯誤……」

「是三不是一，是不？」

「所以，起碼也得請個相同的數目吧……」

她強化性的晃了晃三根手指。

在旁的何豪興看得忍梭不禁起來。

服務員沒有拒絕……

但，他才走沒幾步……

郤又被那女客給喚了回來……

「對了，要另外找人給我重新鋪個床—換我自己帶來的寢具……」

「我是從來是不碰旅館所提供的甚麼枕頭，床單，被褥之類的……」

「也不知道有多少不正經的傢伙用過它們……」

「想來，就令人毛骨悚然……」

她仍是一陣子的譏哩哇啦。

旅館人員只得唯唯諾諾，但，也不禁搖了下頭才離去。

終於，注意到了一直像在觀賞甚麼滑稽戲的何豪興，她便轉用國語問。

「住對門的『同胞帥哥』，是吧？」

「我叫朵妮……」

她向他伸出了手。

「很好記；像朵花的小妮子……」

「何豪興……」

何豪興握住了她的手，搖了搖……郤又禁不住想發笑了……

「此時，站在自已面前的人，怎樣看都不像是一朵花的小妮子……」

「但這朵妮……大概是，無論如何，都不想輸給自己年紀……」他看了看她的妝扮………學一般時下的辣妹，頭髮是燙得又蓬又捲，還染得紅紅金金的，穿了件斜剪裁，露半肩的洋裝……

嗯……不過，這樣，也算是一種活力的顯現吧？

朵妮想到自己剛剛，該是給了人種神經兮兮，吹毛求疵的印象……

於是，對著何豪興，她可就又有了番說詞：

「我本人可是個旅館『控』……」

「住過世界無數大小的旅館……」

「所以，在這方面，可謂經驗富豐……」

她振振有詞道。

「選定一家飯店，不管它牌子的大小，千萬，別被它給包養了……」

「『包養』？」

居然，把住旅館這一事，換了個這樣的動詞，何豪興倒覺得新鮮。

「是啊，『包養』……」

「以爲，進房間後，甚麼都給『定』了……」

「一切都只能依他們……結果，往往就把自己給弄得灰頭土臉的……」

「所以，絕對要懂得悍衛自身的權利才行……」

「而這樣，也才能提供給旅館方面更大進步空間呀！」

朵妮很自豪的下了個結論。

何豪興一付聽得極有趣的樣子。

但對對方那番似是而非的「住房論」，卻不置可否。

「豪興小弟……」

朵妮在何豪興向她道別後，正準備轉身開門時，又把他給叫住了……

「我那三張午茶券，你要不要拿張去？」

她大方的表示。

「噢，不用了，您自個留著啦……」

他笑笑的進了房。

有朵妮這種人住對門，吵是會吵了點，但，不乏味！

何豪興打了個大大哈欠……掀開了床褥……

下午，三點差一刻時……

何豪興及莫莉亞已置身在紫鳶姑家的客廳中……

而這間客廳，卻好比是個「鳶族」的展覽館！

一幅大大的，橘黃相間，有著『鳶族』祭典圖案的大掛毯，置在牆壁中央！

桌布，椅墊的質料，更是非一般工廠出品，而是如『緋絹』般，以『鳶族』獨門手法所製成，有雲彩圖樣的織布……神奇的是，這布上雲樣竟還眞如流動一般……

也有雄姿煥發的「鳶」標本，插在大花瓶內鮮豔悅目的鳶尾花……

而那些神態逼眞無比的各式人型，動物的雕塑，亮度實可鑑人的壺罐器皿……

更是令何豪興驚異不止！

「『鳶族』不愧爲『天』的民族，『天才』之族……」至於紫鳶姑本人……

何豪興原以爲會見到個如中古世紀女巫，或者是觀測水晶球的吉普賽神婆之類的，有些邪氣的人物……

誰知，是個雅麗，清淨的，約四十開外的獨身女子……

身上是件白底起紫團花的家居袍子……

舉止飄然，自怡怡人……

她看到何豪興的目光，有些激動，欣喜……

「突然間，很想到大賣場逛逛哩……」

「你們隨意哦……」

莫莉亞明白，固然，自己和紫鳶姑是舊識，但還是，給她和何豪興單獨交談，會方便些。

「待會再來，送你回旅館……」

她對何豪興說道，並向紫鳶姑擺擺手。

就逕自往門外走去……

「少主……」

待莫莉亞離去後，紫鳶姑也比照李衛的樣子，對何豪興行了個「鳶族」式的大禮……

「不用這樣，紫鳶姑，眞的……」

他慌忙把她拉起。

待何豪興坐定後，她又端了杯茶過來。

碧綠碧綠的，呷上一口，清新雋永，此一味，還沒在別的地方喝到過耶……

這茶該不會又是「鳶族」式的祕方所泡的吧？

「我跟李衛連絡過了……」

紫鳶姑自己也拿了盅茶，坐了下來。

「他已經有讓你知道一些事……」

她輕輕地啜了口茶。

「其實，在妳生母未過世前，我跟她是很親密的……」

「她就當我是小妹妹般……」

「所以，就另一方面來說，你也等於是我的姪兒……」

紫鳶姑再度對何豪興投以感情性的一瞥。

「這樣，好多了……」

他有點靦腆的說道。

被人當「上頭」的看待，反而，是件極不自在的事。

「在我的祖先中，有好幾位，都是被特選出來……」

「擔任『鳶祭』的完美無暇少女……」

「到我這代……」

「雖然，現時，是沒了『鳶祭』……」

「但我，仍然，以未婚，聖潔之身，奉祀著『鳶神』……」

「有聽衛叔說；您是懂得『鳶族』最多事，也是，最投入他們生活型態的人……」

何豪興身子略向前，竟顯得有些熱切。

「嗯……」

「以前，我曾在內地一家民俗文化館工作……」

「有特別做過『鳶族』的研究……」

「但，不便公開發表……」

「後來，辭了工作，遷到這兒……」

「有些知悉門道的人，就會來向我訂購『鳶族』風味的藝品……」

紫鳶姑反而是輕描淡寫地提著她和「鳶族」的牽連，並不張揚。

她看著何豪興，露出一絲的隱憂……

「從李衛那兒，你已有點懂得我們這個民族了……」

「而我要講述的；是屬於痛苦，艱難的那部份……」

何豪興聽到此話，不免微微地有點精神緊張起來……

紫鳶姑又飲口茶來定定神。

「你意外的救了李衛……」

「所以，他打破了原定的計劃……」

「提前向你，說出你的身世……」

然後，像是要說出什麼重大的事情似的………

紫鳶姑站起身，踱了幾步……才面向何豪興道：

「他是被『猿神族』所傷……」

「『猿神族』？」

「那時，猿神族和鳶族是住在相鄰山區的兩支民族……」

她重新坐了下來，捧起茶杯。

「猿神族好酒，膘悍，善戰……」

「鳶族則是較溫和細緻，偏向智性方面的活動……」

紫鳶姑凝視杯中的茶葉，娓娓道來：

「本來，兩族來往雖不甚密切，不過，倒也相安無事……」

「但，也許，錯就錯在……」

她停頓了下，有點沉重。

「向來並非善飲的鳶族，卻也嚐試了釀酒……」

「一種花葉酒……」

紫鳶姑稍微思慮了兩，三秒鐘……

「換成了漢語，就稱之爲『芝溶』酒……」

「它那種濃烈，深沉的酒香……」

「酒徒聞了，都會爲之瘋狂……」

「猿神族嗅到了它的氣味？」

何豪興插了進來。

「嗯……」

紫鳶姑又想了想。

「覬覦這『芝溶』的製造方法，是他們的首要……」

「但，鳶族其它的製物祕籍，他們也想擁有的……」

「在一次『鳶祭』過後，在兩族疆域交界，發覺有七，八個猿神族人的屍體……」

「身上插著鳶族所特製的工具—『扇剪』……」

「一種如扇子型般散開的利剪……」

不等何豪興詢問，她就先行解釋道。

「猿神族一口咬定；他們族人是爲了想參加『鳶祭』，遭到了鳶族人的阻撓，雙方起爭執，所以，遭到了毒手……」

講到此，紫鳶姑又心事重重的獨自思量了會……

「事實上，以猿神族的善鬥性，對鳶族的內斂性格來說……」

「應該是鳶族人被猿神族所殺，可能性反而高些呢……」

她輕撫的杯緣，琢磨道。

「該不是猿神族事先安排好了某些人做犧牲，來挑起事端的吧？」

何豪興不覺的就加進了自己的揣測。

「鳶族人自是否認這種殺人罪行；只說明，族中有幾把的扇剪，遭人盜竊……」

「可是，始終，就無法找出一個絕對的事實眞象……」

「但，兩族之間，就這樣開戰了……」

她幽幽的嘆口氣。

「結果，雖是鳶族敗了，解體了……」

「但，猿神族本身也沒得到他們想要的，而又損失慘重……」

「最後，兩方人馬都弄得支離破碎；彼此剩餘的人，全離開了山區……」

紫鳶姑又再度沉默了下來……半晌，她才出聲道：

「我們族裡，有一個長老，毋寧說，他是位先知………」

她用手掌擊了擊額頭，斟酌了下道：

「拿現在的話來說，姑且稱他爲『了然』長老……」

「了然？很禪學意味的一個名字嘿！」

何豪興感到自己逐步要掉進個「太虛幻境」了。

「他該是早料到鳶族會有此一劫……」

「於是，暗地，將所有族中重要的製物祕訣，先全用鳶族文給刻下來……」

「當然，也包括了猿神族最想要的芝溶酒的製法……」

「長老跟著大家下山，成了一般人……」

「他把這些手刻的祕笈，先藏得好好的……」

「過世前，再傳給子孫，要他們世世代代『嚴守』著……」

「危機來了……」

這次，她竟然是定定的注視著眼前的何豪興。

他心頭一驚：

「嗄，怎麼，這會兒，就拉扯上我了？」

「你恰恰是鳶族首領的第二十七代，今年，又剛好滿二十七……」

「衛叔是有跟我講起，這個數字對鳶族的意義……」

何豪興倒是自己先說了。

「因此，我們決定把祕笈交予你……」

「讓你切實的主掌我們鳶族的精神命脈……」

「我好像是被你們『強制執行』著……」

何豪興有些不滿的說道。

「必須如此……」

紫鳶姑表現出了極強硬的態度。

「這猿神族，一直都緊咬著我們不放……」

「他們似乎是，不管，時間過了多久，延續了幾代，也非將當時沒得到的東西給弄到手不可……」

「大家比拼意志吧！」

她稍稍揚起嘴角，淡淡的一笑，帶點無耐，也有些許嘲弄的意味。

「他們是早已知道『祕笈』及『我』的存在—也推想得出，在這段時間，你們會將收藏祕笈的責任交付予我……」

「妳所說的『危機』，就是指此？」

何豪興語氣有些微顫。

紫鳶姑一言不發的入內……

出來時，她手中握著個卷子……

「事情比你想像中還要複雜些……」

她邊說邊解開卷子上的繩結，露出了個圖案……

不，應該只能說是半個……

因此，紙的邊邊，有顯著的被撕的痕跡……

這只有一半圖象，呈現不規則的長橢圓形型，黃褐色，又有幾條黑色，細線橫亙其中……

「怎樣?沒瞧出甚麼名堂來嗎?」

只見何豪興對著紙卷的圖樣一動也不動，直發了半响的呆，紫鳶姑有點耐不住了，便如此問道。

他輕輕地搖首。

「事情是這樣的……」

她開始解說。

「爲了防敵人，了然長老的每一代傳人，都將祕笈放置在不同的地方……」

「及給予各種特異的線索，來暗示它的所在……」

聽紫鳶姑這一講，何豪興又瞟了那圖一眼。

「長老最近的一代，叫顏澤，遷來過這，可惜的是……」

「最近，他在一次交通意外過世了……」

何豪興嘴上沒多論，心頭卻不免起了番質疑：

「眞的就僅僅只是場『意外』？抑或根本是屬於種所謂『人爲』的意外？會和那個甚麼猿神族的有關嗎？」

「所幸，鳶族的傳族意識都很強……」

紫鳶姑現出了欣慰的模樣。

「顏澤生前，就指定好；如果，他有不測，就將有祕笈線索的半邊圖先給予我代收……」

「他思慮較精密；認爲線索分得散點，可以降低風險……」

「所以，另一半，在個名喚『夏風』人的手上……」

「夏風？」

何豪興覺得這名字很像是某人藝名或筆名。

「是的，夏風—夏天的一陣風……這名就是這意……」紫鳶姑點著頭道。

「他〈她〉是鳶族的一位神祕人物……」

「居無定所，四方飄泊……」

「至目前，在我們這群鳶族人中，根本還無人能知悉他〈她〉的眞面目……性別，身份，年齡，也都一無所知…………」

提及此人，她臉上也罩上了層晦深莫測的神情。

「所以說，目前的你，不僅要能逃過猿神族的追蹤……」

「還要，找到夏風，拿到那半張圖……」

「然後，連接手中的這一半，合出個完整的圖樣—再解出它的義含，找出密笈的藏處……」

此時，紫鳶姑的眼睛，慢慢地射出了精光！

「我可是自認爲；一樣都沒法做到……」

何豪興鬱鬱的回著。

他飲了口茶，呷呷嘴；或許，茶水已變涼，滲出點兒苦味，這茶，也就變得，沒先前那般好喝了。

「任何事，都得學會去面對……」

「這樣，才像個大人！」

紫鳶姑像個母親般拍拍他的膝蓋，勉勵道。

何豪興也沒再多言。

他只默默地把那半張圖重新捲起來，然後，再用原來的繩子把它繫好。

「當然，我和李衛，都會不遺餘力，儘量的幫襯你……」

紫鳶姑慈和的對何豪興笑笑。

「猿神族……」

她重重的再提起這個名詞。

「我們和他們纏鬥，已近乎兩個世紀……」紫鳶姑頗具感觸道。

「猿神族是懂得了鳶族許多事……」

「但，在某些方面，他們仍無法破解……」

「就像……那密笈─猿神族卻始終，無論如何，都沒法探得它的下落……」

「這多虧得『鳶神』的庇佑……」

她面容因感恩而發亮。

「哦，可是……」

「妳客廳的一些佈置，連同衛叔的『緋絹』，應該都是按照鳶族傳統，才能完製的吧？」

「看來，你們已很能掌握到鳶族的『精髓』！」

何豪興有點不以爲然的說著。

換言之；他也在間接告訴紫鳶姑；或許，可以適度的放棄一些東西，而不必搞得大家都風波連連。

「我和李衛，所懂得的鳶族，其實，是極小極小的一部份……」

紫鳶姑輕輕地一笑。

「等我們都見識到那祕笈……」

「才能理解到何謂眞正的『鳶族』！」

她意志十分堅定。

「那也不妨，大方點……」

「跟猿神族一起『分享』……」

何豪興突然來上這一說。

「分享？猿神族的人會願意嗎？」

紫鳶姑責備性的反問。

「跟鳶族人一樣……」

「猿神族的人在身體的某個部位，也有著記號……」

「一個白色的猿猴圖案！」

紫鳶姑以這句話做了結尾。

從紫鳶姑家回到了旅館的房間，何豪興在文案桌前坐了下來……

他重新打開那半張圖……研判著：

它到底是甚麼？

有點像個挖土鏟子的一部份？

不過，也可能是什麼遮陽板，面具，盔甲的半邊？

他的腦子胡亂的轉著……無啥結果。

得找出另外的那一半才成！

「夏風」——虛無縹緲的名字與人……

眞不知從何覓起？

還有，他該如何收藏這半邊圖案？

愼重其事地，和自己的護照一起鎖在保險箱中？

夾在行李的衣服裡？

當然不能直接放床頭櫃，這兒，並不是自己家的房間。

最後，他找出了個文夾；

打開來，把圖放了進去……讓它和那些旅館 DM，明信片，信封，信紙等混在一塊……再擺進抽屜。

他認爲這樣，是把這份「祕物」給普通化了……

想它應該不會像那本冊子一樣，給偷不見的。

他極力甩掉千璃的影子……

還有……紫鳶姑提到了……

「白色的猿猴圖樣！」

這也使他憶起了一個人……

只不過……

他逃避似的，逼迫著自己不要再往下想了……

# 第三章　鳶與猿

次日，晌午，何豪興一走出了房間……

只見朵拉氣喘吁吁的出現在眼前，手裡提了一大堆大溪地的特產：草帽，手編的包包，布料，茶葉……

「哎……小伙子……」

她一見到他，整個人馬上就煥發起來，像好不容易，才逮著了個可以開講的的對象，久旱逢甘霖似的，非得緊緊的抓著，好好的說上它幾句不可……

「你說，離不離譜？」

「我一個老弱女子，拿的東西，都快把自己埋起來了……」

「這旅館的人，個個都視若無睹，也不見，有誰，來幫我一下……」

「是不是一個人有點歲數，人家就冷眼相待了？」她斜睨著何豪興道。

「這『Hatty』上上下下的員工，大概都怕了妳……」

「所以，全不敢貿貿然的趨上前去……」

何豪興實在想這樣說，但，卻忍住了。

「我幫你吧！」

他伸出手，準備去接她的貨品……

「不用了……」

「已經到房門口了……」

朵妮爽快的一笑。

當何豪興再次注視著對方提的大包小包時，卻起了個念頭……於是，便開口問道：

「朵妮阿姨……」

「不，朵妮姐……」

「妳對大溪地很熟嗎？」

「嗯，不是第一次來了……」

朵妮整個人靜了下來，她開始正經，關詢似的看著何豪興。

「那能不能請妳介紹家土產店給我？」

「我想，回去時，帶點手信給『親』……友……」

說到這個「親」字，他的舌頭有點打結。

想起了家裡的父親；現在，彼此的親子關係，又更多了層微妙……

「土產店呀……」

朵妮又開始發表她的高論了。

「這地球上，各地的紀念品，全長得一個樣兒……」

「鑰匙圈，裝在盤子裡的照片，穿民族服裝的玩偶，一些有的沒的……」

「就不能發揮點創意，製造些能令人嚇一跳的東西呀？」

「所以，大家都說，地球變小了；當然是嘛，因爲，老是，碰到了一大堆雷同的『特色』產品呀……」

「光憑這點，只去一個地方，跟到過許多地方，有啥不同呀？」

「朵妮姐是太見多識廣了，而降低了生活情趣……」

何豪興仍是用好玩的心態對著她。

「不過呢……」

她放下東西，從皮包裡掏出了紙與筆。

「身爲遊客，就是要例行性進土產店……」

「好比，電影院非得設個爆米花攤不可……」

「而旅遊買土產，也還眞像看戲嚼爆米花一樣……」

「沒甚麼意義，卻停不來……」

她邊寫邊叨唸。

何豪興仍一派輕鬆的在聽著；這朵妮，不管她講得是不是道理，甚至，還有些誇大其詞，但總是能令人發噱。

「我介紹這家……」

她把寫有店名及住址的小張紙遞給了何豪興。

「最主要，是那兒的老板人很nice……」

「逛土產店，已經沒啥搞頭了……」

「所以，不能連招呼的人都不夠親切……」

朵妮又在說著屬於她自個兒的「觀念」。

「還有……」

「這人是個華人，好溝通！」

「咦，是中國人開的店？」

何豪興嘴上謝著朵妮的推薦，腦中卻閃過那了半邊圖……

如果，他去她所說的那家店……

會遇到有類似那圖案的馬克杯，模型，或者是甚麼鏡框的邊邊嗎？

本來，應該找到另一半後，拼湊完整，再開始解謎之路的……

但，有點那麼不尋常的情緒在那邊蠕動著……

他想先去探究一下這僅有的半邊圖案……那怕，探到的只是跟它有那麼一些微的關聯性也好……

何豪興來到這家法文「Avenue」，中文名字「大道」的禮品店……

雖然，它的名字是「大道」，卻是個小小巧巧的地方……

店裡貨品不多，但，經過仔細的整理排列後，望上去，卻十分令人的賞心悅目……

而他還發現到；這店，還另外，置了好些雕刻，畫作……有藝廊的風味！

而店主一露臉，何豪興整個人被震攝住了……

在他身上，散發出了種特質；一份幾乎是從對方的頭到腳，每寸皮膚，每個細胞，所散發出來的自自然然，一通到底的，毫不牽強做作的『慈睦』……

「有在找甚麼心目中特定的物品嗎？先生？」

他向何豪興開口問道。

此人，雖因爲年紀大了，聲音略顯粗啞，但具磁性，對聽他說話的人，仍會產生了吸力。

「噢，沒有……」

何豪興否認著，收回了遊移在店裡的目光……其實，心裡也明白；這店老板是不會全然相信這番回應的。

他看了看眼前這位年輕的男客道：

「開設販售紀念品的商店，的確是個很不錯的行業……」

何豪興有點不明白對方想說啥。

「來這兒的，絕大多數是遊客……」

「旅行總是令人心情歡愉的……」

「而不管買東西是自家要，或者打算送禮……」

「大家都是這般興高采烈，七嘴八舌的……」

「所以，我四周的氛圍一直是活活潑潑，熱熱鬧鬧的……」

他自得的笑了笑。

「還眞給忘了本身正逐年，逐年在老朽中呢……」

他撫了下毛髮稀疏的天頂，有點晞噓。

「你看上去，卻跟其他人不大一樣……」

店老板有點遲疑，但還是決定明白的點出。

「本來，我也僅僅是個單純的旅客罷了……」

何豪興儘量讓自己的神情看上去能輕快些。

「但，事情卻一步一步的……不斷的在變化……」

「而我的旅程，也就這樣，全換了味，走了樣……」

何豪興苦笑了下。

「唔……」

老板隱隱的，似乎有感應到何豪興的心思……

接下去，他也沒再多說甚麼……而逕自走向了櫃台……

他捧出個水晶糖果盤，上頭置著玻璃紙裹的各色水果糖。

「吃個糖，甜口一下……」

「並不是這樣就能打開心結，但，卻可以讓它稍微鬆點……」

老板帶著和煦溫暖的笑靨，鼓勵性的說道。

「我這糖絕非隨隨便便的……」

「是純正果汁做的，不是用化學色素替代的……」

「而且，質地極軟極軟，簡直是軟到心底去了……」

他帶點半開玩笑的形容著。

「我猜你，應該比較會中意草莓口味的……」

「要不然，是葡萄或蘋果的吧？」

店老板笑吟吟地把糖果盤捧到何豪興跟前。

「我想要個鳳梨的，因爲能合這兒的熱帶風味……」

「如果有的話……」

何豪興卻如此答道。

而當他撥開一粒黃澄澄的糖，含在嘴裡，再用牙齒輕輕一咬……

一股濃郁芳香的鳳梨味便在舌間散發開來……

透過這股純正的鳳梨香，何豪興彷彿受到催眠似的，大溪地島的美景一一重現眼前……

無限遼闊的藍天碧海，七晶彩的雲朵，蓬勃生氣的花與樹……他亦再度溶入其間……

心被喚醒了，整個人也如重新充了電般……

「會這樣，應不止是那小小一粒糖的魔力使然……」

他思量著：

「合該是聯著這店的氣氛，和老板的態度，所共同『衝擊』而成的吧……」

在人類的詞彙中，有所謂「英雄」「聖人」「賢良」………這些字眼，用來自我勉勵……

而，其實呢？

人根本是十分脆弱的，不論是形體或心靈上的……

措手不及的天災人禍，即刻，就會使人體受損，甚而，瞬時，這些肉身也就會從世上消失的無影無蹤……

至於心靈方面……

怕孤單寂寞，需與人爲伴……

有傷心事，得找人傾訴，撫平情緒……

不論你是那種階層，怎樣環境中生長的人，都有在尋求一份歸依—實質或非實質的……

何豪輿就是這樣，從第一次去過「大道」後，就經常到那裡走動……

雖然，他一直沒在這家店，發現到任何那「半邊圖」的痕跡……

但，他把這個小而美的紀念品店當成了身心的休憩所，是除了「Hatty」外，他在大溪地另一型態的

「家」……

何豪興極喜愛聽，後來他知道，名叫余安的店老板，所講的那些達觀，飄脫於世的言論，即使，自己並無法完全做到：

「你，我所知都很有限……」

「生活週邊浮游了太多的盲點與變數……所以，是很難事事如願的……」

「那，既然如此，何不去學學老莊不執著的哲學，超然物外……」

「讓自己多幾分消遙，少些憂煩呢？」

他也會予以何豪興一番與眾不同的啓示：

「一般認爲：十幾，二十多歲時，固然是人生的黃金期……」

「但仍嫌青澀，不夠成熟………」

「反而，是在三，四十歲時，較能掌控爲人處事的分寸，錯誤少了，日子也和順些……」

「不過，豪興……」

他直呼他的名字，像個疼愛小輩的長者般說道。

「我倒希望，你多善用你年青的一些特點……」

「敏捷的四肢，腦筋靈活，積極的行動力，這些……」

「多找點歡樂……」

「世道難有絕對，完全在於你用何種『心境』去看……」

何豪興有時也會同情起余安上了年紀，卻無妻無小，總是一個人孤守著「大道」……

誰知，他竟如此說：

「我還能有呼吸與心跳，又經常可遇到許多有趣的情景……」

「讓我咯咯，咯咯的，愉快的笑個不停的……」

「這些就已經是天賜恩典了，又何求其它呢？」

於是，何豪興在感動之餘，便以余安的子侄自居了。

所以，他偶爾也會在店裡，幫忙幫忙招呼客人，清理清理店鋪，點點貨……

而這樣，何豪興自己也有所得；

他發覺到；大溪地一些器皿，大概受了島上豪邁不拘的風格所影響……還眞是大的驚人……

有次，他就被個上頭繪有風景，面積有如個小圓桌般盤子給嚇著了……

「要是裡頭眞裝進了滿滿的食物的話，還眞不知，要找幾個人，花多少時間才能吃得完呢？」

而他也曾在「大道」看上過盞仿古式檯燈……

燈座是暖雅的紅銅色，燈罩做成花蕾狀，有條可拉的細條鏈條，用來開燈關燈的……

他向余安探詢它的價格……

對方卻這麼地回他道：

「你不妨，自己估估看……」

「認爲它值多少……就放下那筆數目……」

「然後，把燈帶回去……」

余安對自己的好意，能至此，何豪興也著實無話可說。

兩人是這般毫無嫌隙，自然融洽的相處著。

直至……

那個有些不明朗的午後……

當他們爺兒兩一起用過了烤牛肉的午餐後，何豪興正在整理餐具，拭擦桌面時……

余安突然現出了個極不舒服的表情……

他用右手扳了扳頸子，無耐的嘆道：

「哎，脖子酸痛得要命……」

「畢竟，上了年紀，一遇到這不對勁的天氣……」

「不晴不陰的，像是要落雨，又降不下來，人也就跟著憋在那兒……」

「一把老骨頭更是不聽使喚了……」

「那我試著幫您按摩，推拿下……」

何豪興暫停了手邊的工作，入內淨手……

「我的手很巧的噢，幫很多人活絡過筋骨，效果都挺不賴的哩……」

待他一出來，便高舉著十根指頭，有心裝成樂觀的模樣對余安自薦道。

余安坐定後，何豪興就在他的頸部位置熟練的抓捏著……

果然，余安的臉部線條漸趨於柔和……不適感減輕了—何豪興指上功夫還真發揮了作用！

他誇了何豪興幾句，於是，何豪興的手指也就動得更起勁了！

他把余安的櫬衣領子稍微往下了拉了點……

想把按摩的面積再加大些時……

竟發覺了……在余安的頸，肩交界的地方有一團白白的，朦朦的，似棉花般的東西……

再細瞧下，那居然是個白色的猿猴印記！

正是紫鳶姑所形容的……

也是在那個早晨，在 Tony 予以他觀看酒瓶底的圖案！

何豪興的手指稍稍停頓了下……

可是，隨即，便恢復正常……

依舊是如開始時那般盡心的，不懈怠的爲余安按摩……

「沒兒沒女，又怎樣呢？」

「有你，不是更好嗎？」

待何豪興按摩完畢後，余安便用充滿感情的語調如此的對他讚道。

這時的何豪興，卻只能夠勉強的笑笑以對。

他甚而沒再繼續去整理只清了一半的桌子……

而是向余安撒了個謊；說自己突然想起，撥電話回台灣的時間要到了，得先趕回旅館去……

接著，他便像急欲逃避甚麼似的，火速的離開了「大道」！

來到了外邊，何豪興漸漸地把原先雜沓的腳步給放慢……

再試著把混亂的思緒給釐清些；

鳶族與猿神族；鳶與猿，交纏了多少代的世仇……

而一位活生生的「猿神族」就近在眼前……

余安有發現到自己已知道他是猿神族了嗎？

他知悉自己的身份嗎？

以後，還要不要再去見余安呢？

他們之間，會產生甚麼變化嗎？

還有……

何豪興的思想卻突然中斷了……

因爲，從他背後，正伸出了一隻握著塗有迷藥帕子的手……

迅雷不及掩耳的，將他的口，鼻給掩住了……

何豪興整個身子就軟綿綿地倒了下來……

隱隱約約的，何豪興聞到了一股鹹鹹的海水味，嗯，另外，好像還夾著淡淡草木氣息……而，空氣中似乎還浮蕩一股酒香……

他的意識尚未完全清醒……眼睛也仍閉著。

不知自己究竟身在何處？是否仍在睡夢中？

海水味及草木氣息沒了，這兩種氣味大概是從外面飄進來的，所以，時有時無，可是，酒的沉香仍存在……且就近在咫尺……

該是週遭擺了不少的酒所致……這裡是個「酒窖」？

當這個名詞一從腦海閃過，何豪興便像受了刺激般的，瞬即間，睜開了眼睛……

本以爲會看到……誰知，出現在眼前的卻是……

一張白白的，秀雅的臉龐……千璃！

坐在一張矮凳上，膝上置了個托盤……

那上頭放著一長條的法國麵包，燻鮭魚，酸豆及一小杯白酒……

從表情上來判斷；她該是全神貫注的在等待何豪興醒過來……

何豪興的視線從千璃身上移至盤中的食物……

他大大的吞了一口口水；發覺自己原來又饑又渴，已不知經過多少時間，未飲水進食了……

本能性的，正當他想取用那條麵包時……

卻動彈不得—他的手腳被繩索給緊緊縛住了……

「我根本就沒力氣逃跑了……」

「現時，就只想好好地飽食一頓罷了！」

「只要先幫我把右手的繩子稍稍鬆一下，讓我方便用餐就成了……」

「等下，妳照樣可以再把它綁回去的……」

他的肚子可眞是餓得要起火了！

「事實上……」

「你即使能離開這地窖，也是走不了的……」

千璃帶點同情卻又透著幾分無奈的對何豪興這般的說道，臉上是一貫的淒迷神色。

「這屋子是建造在一座山崖上……」

「四面全是海……」

「除非，你有事先預定了船隻要來接應……」

「要不，也照樣是會被困住的……」

何豪興總算明白爲何他剛剛會嗅到海水及草木氣息的原因。

不過，他也沒再接下去多煩甚麼……

待千璃一解開他右腕的「束縛」後……

何豪興便不顧形象，狼吞虎嚥起那些麵包鮭魚來……

於是，不消兩三下子，所有的食物就被掃得一乾二淨，連酒都是給飲得一滴都不剩……

千璃另外還遞了一瓶礦泉水給他……

咕嘟咕嘟，他又灌了大半瓶的水……

滿足了，他揩揩嘴角道：

「這酒窖是個叫 Tony 的人所有的，是吧？」

「我是趁他不在，才幫你弄些吃的來……」

千璃答道。

「那看來，我這頓還是額外『撿到』的呢！」

何豪興自嘲的笑笑。

隨後，便有陣短暫的沉默橫亙在他們彼此之間……

對著千璃那對盈盈欲訴的眼眸，何豪興知道她一定有話要和自己說，不過，他並不急著去催趕她……

「那晚，在旅館的泳池旁……」

終於，她緩緩的起了這麼一個頭。

「我曾跟你說過：收養我的徐姓人家，給了我好日子過……」

「實際上，那只是前半段……」

她輕輕地搖了搖頭。

「他們在這兒的染布廠，後來，出了個大紕漏……」

「一大批色彩鮮豔的布料，製成衣服後，全都穿了一次後，就退色……」

「無法確定是不是有商場上的競爭對手，暗地買通了員工，在製布過程中，偷偷地做了甚麼手腳……」

「但布廠就這樣整個信譽掃地，再也接不到訂單……」

「而，倒閉收場！」

千璃悲傷的講述著。

「Tony 和徐家人素有來往……」

「見到這種情況，他竟慷慨的拿出了一大筆資金，幫助他們往別的行業東山再起……」

「同時，也……」

她停了下話，顯得有些羞慚。

「『接收』了我……」

「接收？」

「做了他的女人—但，卻是沒結婚的那種……」

她畏縮了下。

「可是，一開始，我卻不覺得有半點委曲……」

「因爲，我是眞的愛上了他……」

千璃睜著晶瑩的眸子，坦白的說道。

「Tony 的確是個相當迷人的男子！」

何豪興想起了他那堂堂的儀表和引人入勝的談吐風采。

「待我們正式同居後，我才發覺到……」

「枕邊人竟是個惡魔！」

千璃說這話時，眼底倒並無恨意，只有份深深的痛苦。

「打罵，出言譏諷……早已是家常便飯……」

「最不堪的是……」

「他還經常帶不同的女人回家；在我面前故作親熱狀來示威……」

「可以說；Tony 這人使我在身心兩方面都受到了莫大的傷害……」

何豪興無言的，憐憫的望著她。

「或許，他一直把是我當作徐家報答他恩情的一項『工具』……」

「所以，不太瞧得起我……」

她輕嘆了一聲。

「當然，你可以說；何不乾脆就離開這個男人算了……」

「但，這就是我最大的悲哀……」

千璃眼眶微濕。

「因為，我始終都沒有從對他的感情桎梏中解脫出來……」

她拭去淚水，振作了下道：

「我想你要聽的，絕對不是這個……」

「Tony……」

「他這一生販酒，造酒，收藏酒，廣泛的涉及這方面的知識……」

「視酒為自己的生命……」

「但，愈是對酒懂得多，他反而是愈遺憾……」

千璃微微蹙起了眉，透著幾分迷思道。

「他說：至今為止，還沒任何一款酒，飲了後，能像參加了希臘酒神戴歐尼修斯的宴會一般……」

「獲得那種飄飄欲仙，直達靈魂深處的歡愉……」

「Tony 父系的祖先是猿神族的首領……」

千璃的語氣開始不安起來。

「他知道，他們這族曾立意奪取一個名叫『鳶族』的民族，所製造的『芝溶』酒祕方……」

「而 Tony 便認定了這『芝溶』酒就是他想要的神品仙釀……」

「他的上幾代，耗費了不少心力，想從鳶族後裔那兒弄到這酒方子……」

「但皆徒勞無功……」

「Tony 起誓：必在自己手中，拿到它！」

何豪興了見到隨著這句話，千璃瘦弱的膀子梢稍的抖了那麼一下。

他明瞭 Tony 的這份「野心」始終在威脅著她！

「他不間斷地，大量的收集關於鳶族的情報……」

「這其中，也包括我？」

何豪興不覺的就背脊一冷。

「他在台灣有著不少的人手……」

爲了減輕聽者的壓迫感，千璃的聲音放慢也變輕了。

「所以，他十分清楚你在鳶族中地位……」

「也知悉你在滿二十七歲時，將會被引來此地，告知一切……」

她看了看何豪興。

「你在機場，拾獲那冊子的一幕，有人通報了 Tony……」

「原來，我來此地的途中，是被全程監控的呀……」

何豪興憋著氣道。

「他認爲這小冊子極可能和他要的東西有關……」

「便要我來接近你……」

千璃撫弄著衣角，頭垂得低低的，流露出一份愧意。

「我十分，十分的不願意……」她極力強調著。

「但我要顧及的；卻不僅僅是我個人……」

「還有，Tony 他本身所掌控的惡勢力……」

「隨時，都可能對收養我的徐家人做出不利的事……」

這時，何豪興總算明白了……

爲何，他每次見著對方，總有種她被甚麼給強逼著……極想掙脫，卻又無能爲力在那邊孤獨的懸蕩著的感覺……

三次的碰面，自非「偶遇」！

「赫！高明的主意啊……」何豪興吼叫著。

「憑妳那付楚楚可憐的模樣，正好來騙我這個呆頭傻腦的愣小子……」

他的火氣開始上升了。

「但我們之間卻甚麼也沒發生過呀……」

千璃正視著何豪興，靜靜的說著

「甚麼也沒發生過？……」

不知爲何，千璃的這句話，竟讓他有些心理不平衡。

千璃站起身，走至酒窖的角落，從幾瓶葡萄酒的後頭，取出那本讓何豪興困惑許久的『書』！

「物歸原主……」

她將它放在何豪興已鬆綁的右手中。

「是我趁我們共舞時，偷著你的房卡，潛進了你房中去取得……」

「Tony 研讀它後，沒發現到甚麼……」她流露些許的無可奈何。

「所以，就決定把我『抓』到這兒？」

他禁不住面有慍色。

「我想，這本冊子對你可能還有些作用……」

千璃切切的，補償性的說道。

地下室酒窖的樓梯響起一陣屬於男性的，有力的腳步聲……

一忽兒，Tony 便出現在何豪興和千璃的面前……

縱使是一身的便衣褲，依然是能把這位酒商襯托的如此俊挺有型！

對著何豪興，仍維持他一貫的笑臉道：

「好兄弟，我沒食言吧？」

「果眞讓你來參觀我的『酒王國』！」

何豪興冷冷的哼了一聲。

「用這種邀請方式？」

他想起了他猝然地被蒙住鼻口時，那瞬間的驚恐……

「我可是眞心誠意的想和你談筆生意的……」

Tony 在何豪興面前蹲了下來。

「把有記載『芝溶』酒製酒方法的祕笈的線索交給我……」

「這樣，我就可以安排你隨時離開—這兒沒去先訂船，是走不成的……」

「另外，還可以得到一大筆錢，少主！」

「我誓死悍衛鳶族的每一項資產……」

何豪興字字鏗鏘迫人。

經 Tony 這麼一逼，反而使他連先前的那一絲絲猶豫都沒了，堅毅的以鳶族的「守護者」自居！

「不該連點考慮的餘地都沒吧？」

Tony 揣度著眼前這個小伙子：想他對鳶族這個本族，應該還沒太深的感覺和感情才對。

何豪興默不作聲了好一會，才突然這樣問道：

「你那華麗的皇冠胸飾，上頭的碎鑽是不是少了一顆？」

不等 Tony 反應，他又自己接話道

「它是掉在我們鳶族祭司李衛的口袋裡……」

「但，我實在搞不懂……」

「你要祕笈，針對我個人就行了……」

何豪興瞟了在旁的千璃一眼。

「又何必還要去傷到衛叔？」

「而那長老之後顏澤的意外，跟你也應該是有干係的吧？」

他纔責性的望著 Tony。

此刻的何豪興，是已完完全全以鳶族的「領頭人」自居了。

「當你全心全意想獲得一樣東西時……」

Tony 竟對何豪興展露了一個細膩，柔和的微笑。

「就不是僅僅去對準個『必須性』的目標，也要將所有的『可能』一網打盡……」

「他們兩人就屬於這種『可能』……」

何豪興臉微微的撇過去……明白了；

他將要對抗的是位外表一派斯文高貴，但骨子裡卻是個徹徹底底的冷血動物的人！

「但，這其中有些誤會……」

Tony 舉起手，做出了個準備解釋事情的姿態。

「李衛大概是要來 Hatty 暗地探探你的情況……」

「不巧，卻在園子裡碰到了，原本，也只不過，想看能不能從他身上，得到點關於祕笈的訊息……」

「我會掏出刀子，其實，是想裝裝樣子，嚇唬嚇唬他罷了……」

「誰知道，絆到了掉落的枝子，一個腳步沒站穩，身子便往前傾……」

「刀就這樣刺上了這位大祭司的胸膛……」

「我飾物上的水鑽也落了一顆下來……」

Tony 一付莫可奈何的樣子。

「至於顏澤……」

「我們追趕他的車子，也不過是想，把他攔阻下來，談點事情……」

「怎料到，他發現後，就一昧把車加速的往前衝……」

「而撞上前面的車輛……」

何豪興卻只能半疑半信的聽著 Tony 這番說詞。

耗了會，Tony 見到何豪興仍然不改其初衷，便態度轉爲強硬道：

「如果，你還是堅持要呆在這兒的話……」

「身爲好友的我，可以毫無問題的，供應你無限量美酒暢飲……」

Tony 雙手開展，做出了個豪邁的姿勢。

「可是……」

他挑釁似地靠近他，語氣開始帶有威脅性。

「卻不能給你一點麵包屑，或一粒米飯……」

換句話說；他是要以斷糧方式讓何豪興絕命！

「很好，我也奉陪到底……」

何豪興咬緊牙關的回應道。

他已如同被鳶族的祖靈附身似的，整個人都充滿了戰鬥力！

Tony 將何豪興的身上的繩索全都鬆開，方便他自己取酒喝。

「要是你想通了，願意合作的話─我可是隨時歡迎的呦……」

他仍對何豪興優雅的笑笑，何豪興只予以他漠然的一瞥。

「這是妳給他的 last meal 了……」

Tony 拿起托盤，對一旁的千璃露出了警戒的神色。

時間在這幾坪大的酒窖中靜止了……在此，何豪興已無法感受到晨昏的變化，也沒有白天黑夜的觀念……

爲了對抗饑餓，他在那邊猛灌酒……

甚麼古今中外，稀奇怪異的酒，他都嚐遍了……

後來，才發現到這根本是 Tony 的另一種「毒計」……

酒，飲多了，身體的腸胃及神經中樞都受到損害，照樣可以致人於死地……

於是，他不再碰酒，改爲坐禪─希望借由精神的力量去支撐衰弱的肉身……

他盤起腿，拉直了身子，讓自己整個人都穩了下來……

但思想卻不停的在旋轉……

四，五歲時，母親把他抱在膝蓋上，學彈琴………

一聽到了冰淇淋車的叭噗聲……

父親便走進琴房，拉起他的小手，開門去追趕……

買著了他最愛的花生口味後……

他笑逐顏開的，烈陽下，冰淇淋溶了大半，也照舔不誤……一下子，又跳到了

古源圖書館，陣陣的舊書沉味，飄浮不定的「黑影」……

接著，大溪地—Hatty 旅館，瀑布，高更博物館，船的甲板上，山與海，「大道」禮品店……

莫莉亞，莫醒，Tony，千璃，李衛，海樂，紫鳶姑，余安……

眾多的面孔在這些景物中浮過來，蕩過去的……

他迷糊了，混亂了……無法確定他和他們之間的關係……

在此神思恍惚間……卻有些微金屬碰撞聲傳來……像是有甚麼人正悄悄在打開門鎖……

這點聲響卻讓何豪興整個意識都清醒了過來……他張大了雙眼，戒備性的盯著酒窖大門……

門打開了，千璃跌跌撞撞的走進來……

一下子就撲進他的懷中……

何豪興忙不迭把她扶了起來……只見她……

臉孔變得比先前更加蒼白了，幾乎是毫無血色……

額頭上冷汗涔涔的，嘴角邊有一絲的血痕……

但，以往罩在她面容上那份悽然之情，卻消失無蹤……

取而代之，是一份柔和與鬆弛，甚而，眼底還散發著光采……

「我在 Tony 最喜愛的乾煎比目魚裡下了藥……」

「等他倒下後，我便把盤中所剩的魚也吞了下去……」

「來和他一起同歸於盡……」

她噙著淚水，唇邊卻漾起了個微笑。

「不僅是你和鳶族，Tony 對其他人，也做了少壞事……」

「我和這個冤家在一塊受盡折磨，卻又拋不下這段『情孽』……」

「想來想去，只有用這個笨法子，來助人助己了……」

何豪興感覺得出千璃的氣息已愈來愈微弱……

當他正想要告訴她，省點力氣，休息一會時……

她卻托起了他的下巴，細細端詳道：

「如果，我說，這樣做，有一半，是爲了解救你……」

「你會相信嗎？」

何豪興的心怦跳了下！

會意出她話中的情愫，他有些興奮，但不自禁地，就紅了臉。

她又輕輕撫摸何豪興的頭髮說著：

「那天，在 Moorea 島開往大溪地本島的船上，你曾經以爲我是要投海，而來阻攔……」

「我就埋怨你：太大驚小怪了……」

「其實，這並不全然是眞話……」

「因爲，當時，我人靠在船邊，的的確確，是有閃過一種要縱身躍入海底的念頭……」

「就像……」

她深摯的凝望著他。

「我說：我們之間甚麼也沒發生過……」

「那也只是指表象上，而絕非我的內心……」

「我和你想的分毫不差……但是……」

何豪興激動的抓著千璃，高聲責備道：

「妳卻幹嘛要如此的傻透了呢？」

千璃的手貼上了何豪興的右面，向他展露了個，他從未在身上見到過甜美，開朗的笑容道：

「你老是覺得；我總是一付不開心的樣子……」

「那，從今以後，你就要連著我這份……」

「歡歡喜喜，堅強樂觀的活下去……」

千璃闔上了雙眼。

何豪興注視著她的遺容：除了有點汗漬，血痕外，這仍是張美好的，安和的臉龐。

他空手幫她理了理頭髮，將衣服的皺折拉平些……

然後，附在她耳邊，柔聲的說著：

「我知道，妳相當的疲困……」

「現在，總算可以好好地睡個長覺了。」

何豪興輕輕地吻了吻她的額頭。

一滴淚，悄悄地從他的臉頰滑下，落在千璃的身上……

何豪興帶著那本鳶族手記，從這地下室的酒窖走到客廳，再轉入餐室……

第一件事，就是打開餐室旁的冰箱，找食物！

終於，當他吃了冷盤和一些水果後……

身體漸漸的有了力氣—何豪興慶幸自己總算又活了過來！

他瞧了瞧已斷了氣，倒在餐桌旁的 Tony……

他的死相不甚好看……

白眼球暴突，向上翻，面目猙獰而飽含怨懟……

生前的顯貴與華雅一股腦兒都不知跑到那了？

這個不可一世的壞胚子，以爲全然控制住自己的情婦……

因爲，千璃向來是對 Tony 都是言聽計從，不去違抗……

而他也從不疑有她……

所以，她可以輕而易舉的用一盤的比目魚，就結束了彼此的人生……

世事千變萬化，無從捉摸……

本以爲這屋子會成爲自己的終結處……

誰知，是 Tony 和千璃的……

但，這兒卻成了他「情傷」之地……

思緒一觸及此，何豪興的心裡便又是一陣刺痛……

走出屋外……

何豪興便立在一座孤崖上……嘩啦嘩啦的海浪聲，一波接著一波，震耳欲聾般，不間斷的傳來……

週遭果真被海水密密的包圍著！

他視察了下現處的環境……

前頭有個窄窄的繩梯可以從崖上直下到崖底……

但，如果沒有可搭的船，即使能下了崖，也只有掉落海底一途……

自己仍舊是未「脫難」！

明白了此點後，何豪興便開始有些煩燥在原地兜著圈子……

眼睛更是無意識四處流轉著……

然而，在崖的邊緣，竟出現了個挺熟悉的女性身影……

何豪興不顧一切就往那個方向衝過去……

近前一瞧……

天啊！那竟會是……莫莉亞！

她穿了一身豹紋的勁裝，活像個森林女王！

何豪興全身細胞霎時都活絡起來……

她是個導遊，一直都是由她帶領自己走逛大溪地的……

這回，也一定能助自己脫離這「絕境」！

何豪興的心底已完全被這種想法給漲得滿滿的！完全沒顧到其它……

但，面前的女子卻是不急不徐地從口袋中掏出手槍來，指著他，說道：

「我向來都是替 Tony 辦事，拿他薪餉……」

何豪興的頭「轟」的一聲，簡直就像要裂成兩半似的……

但幾件事情卻從他腦裡慢慢清晰起來……

這就是為甚麼……千璃總是能準準的出現在他去的地方……

莫莉亞為何跟他在船上交談時，眼底曾有過那一絲不尋常的詭密……

Tony 對莫醒，也正如自己所判斷的；是種老板對手下的態度……買賣者間的關係—不過是她姐姐掩飾性講法罷了。

「莫莉亞，妳…是……鳶族呵……」何豪興有點口齒不清，結巴的在抗議著。

他實在是相當的不知所措！

「我熱愛鳶族，崇拜鳶族……」

「但人是要生活的啊！」莫莉亞用悲傷的語氣訴說著：

「希望給父母有幢大而華麗的房屋可住，勿須再擠鴿子籠似的家……」

「想去巴黎學設計—不要當一輩子的導遊……」

「迎合客人迎合得那麼辛苦……」

「還有，莫醒……」

她充滿了牽掛的提及：

「他老是心心念念的那輛今年最流行的法拉利跑車……」

「這些，都沒法可以使我去漠視金錢的效用……」

莫莉亞把槍往上再舉高些，讓它直對著何豪興的心臟。

「回頭吧，莫莉亞……」

「日子清淡些，也可以過呀……」

他總是還想勸她一下。

「哈……」

莫莉亞發出了幾聲怪笑。

「你們這種在優渥環境長大的少爺，可以不痛不癢的說著這種風涼話……」

「而我們窮人家，是絕不可能聽進去的……」

她的長髮被海風吹得亂飛……

整個人也似乎變得異常狂暴起來，儼然就像個女魔頭！

「可是，莫莉亞……」

他掃了她手上的短槍一眼。

「Tony 已被千璃毒斃，而千璃也自我了結了……」

何豪興淒涼的透露著。

「這樣更優……」

接到了這突然消息，莫莉亞的臉上卻浮起了個殘酷的笑容。

「除了 Tony 之外，不知還有多少其他人家，覬覦著這鳶族的寶典……」

「要是我能自己得著了它……」

「反而，可以換取更高的利潤……」

她握著槍的手動了下。

「我知道紫鳶姑把有祕笈線索的半邊圖交予你……」

「希望你能拿出來……」

「當然，最好，我們可以瞞著紫鳶姑，李衛他們，進一步的合作……」

「找到祕笈，販售出去！」

「誰都沒資格這樣做……」

何豪興重重地回應莫莉亞。

「祕笈不是甚麼妳的，我的，李衛或紫鳶姑的……」

「祂是屬於世世代代鳶族人的！」

「有個性呵！」

莫莉亞投給了何豪興嘲弄性的一瞥。

「不過，少主……」

她故意用這個稱謂。

「你可是一點都不了解這祕笈的價值……」

莫莉亞露出輕蔑地的神態。

「能買祂的都是些甚麼人？」

「一國的君王，雄霸一方的財閥，要不，也得是……」

「在世界排行榜上前幾名的富豪……」

她自問自答著。

「這鳶族的寶典可以換到的是筆天價般的錢數……」

這女導遊的眼睛閃閃發亮。

「有了這擔財富……」

「你不必再替人打工賣命，卻永遠只得到那麼一點……」

「更用不著仰賴家中的支撐……」

「可以開間公司，買艘輪船，甚至，還能擁有架私人飛機……」

「要偉大點；扶助貧弱也沒問題……」

莫莉亞幾乎用盡了所有的詞句，去說服何豪興。

他卻仍然一派的無動於衷。

「你以爲我拿的是玩具手槍？裡頭裝的是空包彈？」

「不過是鬧著玩罷了—絕不致於會眞的殺了你？」

莫莉亞晃了晃槍道。

「還是那句老話；祕笈是我們全族人的……」

何豪興站得直直的，依舊沒有半點的妥協之意。

「沒你，我自信也有能力尋得那半邊圖，發現線索，找到祕笈……」

「來完成我的理想！」

「而現時看來……」

莫莉亞的臉上漸漸露出了殺意。

「除去你，也等於先拿掉一個障礙……」

她已準備扣版機了……

後頭卻搶先揚起了一聲槍響……

一顆子彈從何豪興的右後方飛出……

正擊中莫莉亞的左胸……

她受不住，琅琅蹌蹌的，一直往後退至崖邊……

整個人跌落了海底……

一個巨浪瞬間衝了過來，速速就把她的身型給掩沒了……

何豪興站在原地，失神望著波濤滾滾的海洋……

剛才發生的那一幕，是如此的不真實……

像是在發夢……

又如同在看一部驚悚片的結尾……

他乏力的轉過頭……

只見余安一手持著槍，一手拿了個工具袋……

正在用悲憫的眼光，一動也不動地，凝望大海……

# 第四章　「S.W」的疑惑

窗外，雨水落個不停的……到處都是濕漉漉，滑溜溜的一片……

替大溪地島增添了些許涼意及蕭瑟。

但「大道」禮品店的內室，卻是暖烘烘的……

裡頭，小夜曲悠揚的樂符緩緩流泄著……

桌上擺了現煮咖啡，剛烤出爐的麵包，一大盆攪拌好的新鮮沙拉……

雪白的瓷盤上置放著燻鴨肉及火腿片……

余安滿足的看著何豪興全神貫注的在「掃蕩」桌上的食物……

就像位父親好不容易才能和他久別歸家的兒子，在一起享用頓「家庭飯」般。

「我著實悟不透您，余爹……」

猛吃一陣後，何豪興便暫停了下來，抹抹嘴，擦擦手……

眩惑的注視著余安道。

「並不是每個猿神族都是野心家……」

余安慢條斯理的說著。

並穩穩的切開塊長橢圓型的麵包，在裡頭夾上了片薄薄的火腿。

「我了解鳶族和猿神族的歷史……」

「猿神族終究是個『掠奪者』……」

他的面孔有些發暗。

「我並不願意這個角色在我身上重演……」

余安輕輕地剝下點麵包，放進嘴裡，嚼了嚼。

「那天下午，你幫我作完按摩後……」

「我發覺你的神色竟有些倉皇……」

余安仍對何豪興流露出一貫的關愛性。

「我猜，你該是發現到了我頸背間的猿神族記號……」

「而你，本身卻又是鳶族的一員，才會有如此的反應……」

何豪興垂頭不語；當時的苦惱彷彿又回籠了。

「我有點不放心，所以，等你一出店外，就偷偷地尾隨你……」

「你則是完全的沉浸在自己的思維情緒中，而並未察覺……」

「當我見到你被個彪型大漢給迷昏，拖進了一輛黑色的廂型車時……」

「並未貿貿然衝上前去……」

余安偏了偏頭，略爲思量了下。

「因爲，這樣，未必眞的救得了你……」

「只能先把車型，車號給硬記了下來……」

「總以爲像我這種小卒子咖，過得平凡，但也是平安……」

「不會有甚麼驚險萬分的遭遇，怎料到……」

何豪興猛抓了自己的頭髮幾下。

「也許，你的人生自此才算道道地地的展開呢！」

余安激勵了何豪興一番，才繼續往下述說……

「我找來了位熟識的汽車仲介……」

「請他幫忙打聽這車號的持有者……」

「結果，查出車原是屬於個名叫 Tony 的人……」

「凡是猿神族的人，都知道他是這族的首領之後……」

「也是追逐鳶族祕笈最狂熱的份子……」

講到此人，余安竟像是要舒壓似的，急灌了一大口咖啡。

「他是個混血兒，外表俊美，風度，口才都好……」

「男女老少，往往都會情不自禁為他這些特點所吸引……」

「但明究理者，都知道他其實是個……」

「做任何事，都只求達到目地—而從不顧義理法則的棘手人物！」

何豪興邊聽余安講話，邊像是有點漫不經心似的，在用叉子撥弄著盤中的剩餚，但，實地裡，卻是在暗暗慚愧；

自己也曾落入 Tony 的魅力陷阱裡，還有千璃也是……

一思及這位也算是為兩個男子犧牲掉性命的女子……

何豪興整個人便又陷入了低潮。

「我有個同族友人，叫羅方，過去曾是 Tony 的手下，後來，脫離了……」

「透過他，我懂得了 Tony 一些事……」

「其中一項就是；他在個全然孤聳在海上的山崖頂端，建了座屋子—以利於他進行些見不得光的勾當……」

「於是，我就推想；你極可能就是被他囚禁在那兒……」余安揉揉額頭道。

「爲了鳶族的祕笈，Tony 應該是還會跟你耗上些時日，以便實際探出祂的出處……」

「所以，該沒那麼快掠走你的性命才是……」

「要不然，也就不會採取這種帶走你的方式……」

他胸有成竹的如此分析。

「我儘量從羅方口中；去了解那幢房子的結構及它週圍的環境……」

「然後，開始確定到那裡的路線，安排船隻……」

「再準備槍彈，繩索，撬門的工具這些……」

「我沒法求助於警方或別人……」

「因爲，這樣，會牽拖到其它的猿神族……」

余安顯得有些感傷。

何豪興總以爲余安是個相當豁達的人，但他也有他的矛盾；並不贊同自己的本族，但，有時，又不得不去維護他們。

「對不起，老爹……」

何豪興有點哽咽。

畢竟，還要個上了年紀的人，來爲自己勞心勞力，爬高爬下的……著實過意不去。

余安卻搖了搖頭。

「我並沒把握一定可以把你從險境中接走……」

「只能禱告上蒼，請祂多賜些運氣予我……」

儘管事已過遷，但余安的話中仍包含了份濃濃的不安。

「到達目的地後……」

「我請開船的人，先將船停靠在崖邊等待……」

「然後，獨自背著裝了槍及器具的袋子，爬梯子上崖……」

「一到崖頂，就撞著了那個女子正舉槍，對準了你……」

「Tony 已被毒殺了，女的叫莫莉亞……」

「曾當過我在大溪地的嚮導……」

「人很親和，也十分專業……再怎樣都估不到……」

「她竟會是鳶族的『反骨』……」

何豪興接口解釋，神情有幾分寂寥。

「按照，當時的情況……爲了救你，別無它法……」

「只得，怏怏的趕在她前頭，放出一槍……」

余安滿懷愧疚之情道。

「怨怪得了誰呀？」

何豪興霍然從椅子上立起，開始嘶吼起來。

「要怪就怪，人自己本身……」

「強大無休止，沒窮沒盡的欲望……」

「最後，就得被它吞噬掉一切……」

他話說得太急太快，所以，氣有些接不上來……

余安倒了杯水給他，並拍拍他的背部。

示意他平靜下來……

何豪興飲了口水，清清喉嚨，順順氣後……

便離開餐桌，走至落地窗邊，觀研著外頭的雨勢……

雨是是愈下愈狂猛了，地面幾乎形成個「汪洋」…

汪洋？這名詞令他想起了……當他和余安搭上已備好的船，離開那孤崖，航行在「海」上那時……

當下，兩人都有種認知；先不要去提什麼，保持沉默，讓彼此的身心都能漸漸舒緩下來……等上了岸，再去解開相互間的疑問……

在行船時，何豪興望著藍藍的海水；心中卻有兩股極端情緒在那邊矛盾的交雜著……

劫後餘生的輕鬆喜悅，及千璃，莫莉亞兩名年紀輕輕女子，轉眼間，便相繼從世上消失的巨大陰影……

「我想找莫莉亞的弟弟莫醒，來一趟……」

「他有權知道她姐姐的事……」

何豪興望著外頭，地面上愈積愈厚的雨水……

突然對余安如此提議。

畢竟，莫莉亞對莫醒總是那麼一派的「姐弟情深」！

次日，約下午四，五時的光景，莫醒便隻身來到了位在「大道」店後頭，余安的私人住家……

當他安安靜靜，無波無動的把何豪興的敘述都聽完後……

整個人便呆坐椅子上……吭都去不吭一聲…等過了十多分鐘後……

才吃力，遲緩地吐出一句：

「我曾預感過姐會有這麼一天……」

「卻料不到，居然來的那樣快……」

「小時候，我們一家四口，剛從中國內地移民到這島上來時……」

「可說是，父母小孩都吃盡了苦頭……」

莫醒憶述道。

「這段童年期的辛酸，對我們姐弟倆，其實，都是刻骨銘心的。」

「長大後，姐姐她就立志要賺大錢……」

「決不讓親人們再去受一丁點兒的罪……」

莫莉亞在山崖上，那付舉著槍，十足決心制人的樣子，彷若回到了何豪興的目前……

而聽到莫醒這番話後，他就更感慨多多了……

「莫莉亞，她太……」

何豪興斟酌了下用詞。

「激進了些……」

「我並不是完全認同她……」莫醒沉鬱的表明。

「但，誰叫她是最疼我的姐姐呢？」

這時的他，眼中竟淚光隱現。

「只得幫著她，一起替那猿神族的 Tony 工作……」

「莫莉亞是很想替你買到那部法拉利跑車的………」

何豪興輕輕的對莫醒講著。

「看到一些人駕著那麼拉風的車子，飛馳在路上—那付酷，炫的樣子，的確曾使我欣羨不已……」

「可是，根本就沒說過；非要不可呀……」

莫醒搖著頭，不住的在嘆息。

「暫時，還是不要讓爸媽知道姐姐的事的好……」

「希望，你們也能替我保密……」

他請求似地望了望何豪興，及一直旁默默聆聽的余安。

「就跟他們這麼說；國外有旅遊公司，忽然，找上了她……」

「或許，也可以加上句，莫莉也順便到巴黎去學設計……」

何豪興還記得她這個心願。

而莫醒似乎被何豪興這話勾起了深植在心底的一點甚麼……

「是的，我姐的美感向來都很好……」

「她尤其喜歡中國傳統元宵節，可以見識到各式各樣，亮燦燦的花燈……」

「有次，還是小孩子的時候，在這裡的一位中國長輩……」

「親手製了個兔子燈，送我們……」

莫醒語氣乍然間變得輕快起來。

「那兔燈造得很真，很生動……」

「眼睛還會一閃一閃的—任何孩童見著了，都會高興得又叫又跳……」

他突地露出了個稚氣無邪的笑容。

「我姐忍耐地，克制的……」

「先給我玩那花燈……」

「而我就故意霸著不放……」

「整晚不睡覺的，提著那隻發光的兔子，滿屋子跑……」

「搞得她連碰一下燈的機會都沒……」

「做弟妹的往往就是這麼著……」

「利用哥姐要『讓小』的心理，來調皮耍賴……」

莫醒聳聳肩，做了個鬼臉。

然後，他收斂起怪表情，嚴肅地思量了會道：

「看畫報，知道你們台灣有中元節放水燈的習俗……」

「我也有意替姐這麼辦……」

「燈應該能幫她指引在水中的道路……」

「而她也會喜愛這水燈玲瓏剔透的造型才是……」

「這……是我唯一能想到……」

「最貼近她心意的祭拜方式。」

莫醒微弱的說著。

兩行清淚從他的眼中直直地落下……

「該是全心意，落實這個尋找『S.W』計劃的時候了……」

待莫醒一離開，何豪興便口快快的如此宣佈。

「S.W？那是啥玩意？」

余安訝異地問。

他理解得到何豪興為何堅持要莫醒來此；固然，是對莫莉亞的家屬有個交代，但，也是，為了要卸下兩人彼此心中的石塊……

往後，何豪興自己也才能專一在其他事上邊……

「嗯，S.W……」

「不再逃避，或去找任何藉口……」

「我就是個道道地地，實實在在的鳶族人……」

「要盡責的將我族的寶典尋得……」

「首先，必須找到個叫夏風的族人，才能拿到完整找密笈的線索……」

「夏風—夏天的風，英文可以叫 summer wind……」

「所以，我便稱這夏風爲S.w囉……」

何豪興積極熱切的陳述著。

自從被余安救過一遭後，他就已經對他撤下心防，再也無所隱瞞了。

「我給你介紹一位朋友吧……」

余安卻如此說。

何豪興並沒有作聲。

「放心好了，是非猿神族的……」

余安明白的笑笑。

他靠到何豪興的身旁，握緊了他的雙手，非常篤定的表示：

「他絕對會是你所需要的人！」

何豪興推開「大道」禮品店的玻璃門……

跟以往不同的，他這次，是帶著點期待，探測性的在環視著整個店子內部……

有幾個男女背包客，正在挑選明信片……

一群婦女在圍觀一套價值不菲的黑珍珠首飾，議論紛紛的……

還有，一位背影看似中年人的男子，正在細研著架上形形色色的木雕……

他還另外拎著個白布袋，袋裡頭鼓出個長方型的物體……

何豪興還未走上前去，男子已轉過身來……

「余安約我來，說要認識個鳶族的年輕人，但沒說名字……」

「我就在想，那人會不會就是你呢？」

夏理罕對著何豪興笑呵呵的。

再見此人，何豪興整個面孔都發亮了！

他激動地擁抱了這位維吾爾的民族學家一下。

自從切身經歷了這些屬於鳶族的是非風暴後……

憶起前些日子，和這位學者專家在飛機上的那番巧遇與對談……

感懷就更深了。

「呀，原來你們是認識的啊……」

余安從裡頭走出來，驚奇的看著夏理罕及何豪興。

「那敢情好……」

「聊起事來，不會有份生疏的拘謹……」

他左手挽著夏理罕，右手拉著何豪興，像對自家人般說著：

「你們先進去坐會兒……」

「我招呼完客人就來……」

當店中這批顧客結完帳後，余安便在門口掛上「暫時休息」的牌子……

回到店的內室，招待夏理罕，何豪興……

他砌了壺香片待客……

在濃濃的茉莉花茶味中，三人同坐，氣氛和樂的開講著……

「豪興，咱就別假禮數，我也照著老余的樣，這般的叫你了……」

夏理罕爽快的起了個頭。

「你別看，這老小子成天就只知道呆板板看著家土產品店，一付低調無爲的形容……」

他對著何豪興，指了指余安道。

「他這兒，可厲害哩！」

夏理罕指了指自己的腦袋，

「對古民族，懂得才多呢！」

「害得連我，都得三不五時到他這兒來朝聖膜拜。」

「誰是老小子？我看你才是吻……」

余安笑罵的捶了夏理罕一下。

「也不知道扯到那兒去了？」

「甚麼，對古民族，懂得才多，三不五時要到這朝聖膜拜……」

「荒唐！離譜！」

余安故意在那邊誇張的大搖其頭。

「我在這方面，充其量，也只是個過路，打醬油的……」

「那能賽得過你？」

何豪興見著這兩人在那邊你一言，我一語的互踩又互褒，就可斷定他們必是交往有年，惺惺相惜的知己友好。

「還是言歸正傳吧……」

夏理罕收起了剛剛開玩笑的心情。

「你要的東西，我帶來了……」

他從袋裡取出樣物品，置在桌上……

那是個精美絕倫的文具匣！

「你可以自己拿起來瞧瞧呀……」

余安催促著何豪興。

一聽余安這樣說，他便將這文匣移至近前，用心觀察；

是上等木料製成的，深咖啡色的匣子……

匣蓋，匣身，全遍刻著形狀優美的蝴蝶，貝殼，星星等圖樣……

此匣盒絕非一般工廠制式化的出品……

因爲它連匣面與匣面接縫處，都這是這般細精無暇……

這是何等高超的技藝呵！

不過，這藝品和自己要尋覓的人，又扯得上甚麼關聯呢？

何豪興正想把匣子擺回原處時……

「你不妨注意下，蓋子的最右上角……」

余安趕忙的提醒他。

他捧起匣子，往余安所指示的地方，去定神一瞧……

果然，在蓋子右方，上頭最邊邊處，是有個，不甚明顯，有點似是樂譜升記號，連著兩個倒立山峰的「刻痕」……

「也許，一時之間，很難辨識……」

「但，這刻記，正是採用歐式的英文草寫體的……」

「S.W兩個字母！」余安在一旁釋疑道。

何豪興在吃驚之餘，自是又觀看了那「刻痕」一下。

的確，龍飛鳳舞的藝術字中，那升記號是有S的樣子，兩個倒立的山峰也呈現了W的型狀……

「前些日子，我到夏理罕那兒……」

「就在他的書桌上，發現了這小物……」

「當下，就覺得挺合眼緣的……」

「便順手拿起來，把玩了番……」

「而發現到那蓋上的兩個字母……」

「我想，這會不會是製作這匣子的人，名字開頭的兩個字母呢？」

余安持著不大肯定的態度。

「當然，也可能是另有所指，壓根兒不是這含意……」

他又週全的補上這麼一句。

「聽到你要找位名字縮寫可能是S.W的人時……」

「就憶起這個文匣─不管能不能從中得到甚麼……」

「還是想要夏理罕拿來給你瞧瞧……」

「另外，有這老痞子在，是絕對可以聽聽他的意見的……」

「挺受用的……」

余安的無名指點了夏理罕的的額頭一下。

「甚麼時候我又成了老痞子？本人向來可都是正經八百的……」

夏理罕隨即反擊。

「呵，你叫我老小子，難道我不能回敬；稱你是老痞子呀？」

「老小子；把你捧年輕了，老痞子：是說壞我啦……」

兩人這會兒又開始鬥起嘴來。

「不跟你這老鬼瞎說了……」

「還是和豪興討論討論那方匣子吧……」

夏理罕停止了與夏理罕的爭辯，轉向了何豪興。

「我是在這兒的一個七零八落的舊貨攤找到它的……」

「攤主是個有點邋遢的中年的婦人……」

「賣的東西也全是亂糟糟的……」

「老式的錶帶，舊的發烏的披肩，早就不時興的女孩子髮夾……」

「唯獨這文匣，讓我雙目發亮，繼而，愛不釋手……」

沒等何豪興開口問，夏理罕自己就先講述他取得這匣子的經過。

「咦，是已經有人保管或使用過嗎？」

「還眞有點不敢相信，因爲，它看上去是那麼嶄新完好……」

「任何一丁點損傷都沒……」

何豪興不覺地就觸了下那滑亮的匣蓋子。

徵求夏里罕的肯首後，他打開了那匣子……

何豪興揣度著；既是二手貨，內部該是會尋得些「遺跡」才對……

原來，在匣子裡面，很講究的，另外，給鋪上了塊鵝黃色，襯墊用的布巾……

這襯布很柔軟，但中間卻有點污漬……

該是甚麼液體不小心滴上去的吧？

他嘗試性地將鼻子湊到那個污漬，嗅了下，竟還殘留一絲氣味……

清幽，清幽的，倒也並不難聞。

「你要尋找的S.W也是鳶族人嗎？」

夏理罕問何豪興。

「是的。」

「聽說，鳶族人手造藝品的本事，堪稱一絕……」

「而且，世代相襲……」

「這文匣能被做成這般田地……」

「是這位S.W採自己本族傳統技能所製的可能性，應該很高才對。」

「要果眞如此，那麼，他〈她〉還特地將名字中S.W兩個字母變型後……」

「再刻在這蓋上，極不醒目的邊邊……」

夏理罕指了指匣子蓋上字母所在的位置。

「可見得，此人的隱藏性極高……」

「難怪，你不容易探得到他〈她〉的下落……」

何豪興覺得夏理罕解析得極是，於是，他便進一步詢問：

「那能不能再到原來的攤子，去找那位女子……」

「問問這匣子的出處？」

「我已經在不同的時間，去過那個舊貨攤的所在地好幾回了……」

「因爲，想看看，會不會再遇到像這方文匣般精良的物品？」

「但那女的和她的攤位卻再也不曾出現過了……」

何豪興聽了，不免有幾分失望。

夏里罕卻極其樂觀地鼓舞他：

「能曉得有這麼一個匣盒的存在，也算有些眉目，對不？」

「我願意給你保留它，直至找到人爲止……」

何豪興雙手合十，向對方感恩道謝。

當他再捧起那文具匣時……

一層更深重的疑慮卻罩上了他的臉龐！

自從，在余安那裡捎回了那個漂亮的文具匣後，何豪興就患上了S.W「狂燥症」……

只要碰到任何跟S.W有點牽扯的事，他都瘋了一般的去追逐……

在旅館見著侍者提了個有「S.W」字母的手提箱……

就不顧一切跟了上去……

後來，才曉得這件行李是屬於一位名喚Smith White的人所有，他並不是叫Summer Wind……

有一間名爲「Sun World」的美式速食店，他也去光顧了好幾回，當然，就是「Sun World」這兩個字也常被簡化爲S.W。

連路標上S.W〈South West〉，他也都格外留意起來……

不過，這些全都沒跟夏風這人搭上半點邊……

他也去過李衛和紫鳶姑的住處，想打聽點消息……

他們都是帶著一式的歉意眼神，給了個相同意思的答案；

要是能夠眞知道了這個夏風一點兒甚麼，還不腳快快的去通知少主你，那用得著你親自來問？

「哎，這個世界上有此S.W符號的人，事，景，物何其多？」

「根本不勝搜羅……」

何豪興難免會這樣自怨自艾起來。

這個下午……

何豪興又往旅館的詢問台走去……

另外，這次，他更將半張圖從房裡帶出，塞在自己的褲袋裡……

除了要再多探些關於S.W的資訊外……

他也想把圖給櫃台人員察看下，他們或許也能予自己某種啓發也說不定……

但，還未近櫃台，他就被人給喚住了……

「哎呦呦，好像有一百年沒見到你了，何小弟……」

朵妮一碰到何豪興，就像發現新慧星似的，哇哇大叫起來。

「還以爲你退房了呢……」

「我……到個朋友家去待了幾天……」

何豪興是在掩飾他被 Tony 囚禁的那一段。

但就某種意義來說；這句話也並非在說謊。

「是啊……」

「老是在大溪地本島打轉，及窩在這家旅館裡……」

「人都發霉了……」

「我也計劃去較偏僻的波拉波拉島，那兒，直接從旅館的地板，就能見到在海底悠游的各式魚類……」

「還可以從事些驚險的海上活動呢！」

她與高采烈的談論著。

「也順道圖個清靜……」

「圖個清靜」？

何豪興聽到這四個字從對方口中吐出，又暗自一陣好笑；

只要有她本尊在的地方，哪來的清靜？

「瞧你，一付愁眉不展的樣子……」

朵妮說這話時，毫不客氣的，就直接用手指去撫了撫何豪興的眉心。

「這樣，人老的比較快喲……」

「該學學我這樣，一逕挒著嘴，笑嘻嘻的……」

「看上去就會有精神，也年輕些……」

她攏了攏頭髮。

他無意反駁她，就勉強……也把兩片唇撐開那麼丁點兒。

「強顏歡笑就沒必要了，那是適得其反的……」

於是，朵妮便誇張地向何豪興做了個要他把嘴巴合起來的動作！

而她這一招，倒還眞得把這個原本悶悶不樂的小伙子給逗笑了！

「走，大姐我帶你去喝點東西，提提神……」

她不由分說，就拖著他往酒吧間走去……

「嗨，Paul……」

「my secret, two glasses ……」

一進酒吧，朵妮便向她所認識的酒保 Paul 用英語如此吩咐。

「甚麼叫 my secret?」

待兩人一坐定後，何豪興便極有興致向朵妮詢問道。

「既然叫 secret，就暫時保密一下啦……」

她故意去賣個關子。

「你寬心好了……」

「我要請你的飲品，是絕對不摻和那些會令我們味覺麻痺的人造果汁的……」

朵妮自信滿滿地喝了口服務生先送來的冰水。

何豪興伸長了頸子，滿心期待著一杯有神祕性，具創意的的飲料會送到面前來……

而朵妮呢？則是低下頭，一下子審視著指甲上的蔻丹，一會，又撫弄撫弄手上的戒指……

不知爲何，她整個人竟因此透出幾分落寞來……

「朵妮姐……」

何豪興小心翼翼的叫著。

「也許有些許的冒失，但我想請問一下……」

「妳有家庭嗎？」

何豪興難免會覺得這朵妮活得實在是有些自由氾濫的過了頭。

「家庭？」

朵妮抬起了頭。

「我父母都過世了，沒兄弟姐妹……」

「至於，婚姻方面……」

「比伊麗莎白泰勒的記錄，還差些……」

「只有過那麼三任的老公……」

她幽默地述說。

「他們死的死，離的離……」

「我則是又拿膳養費，又領遺產的……」

「於是，就成了那種小說，電影中常會出現的……」

「有錢卻沒愛情的女人……」

面對朵妮的這番自我調侃……何豪興反而無言了；眞不知道，她這叫幸運亦或不幸運？

兩杯「美得懾魂」冷飲被送了上來……

湖水藍的水晶杯中，盛著亮紫紅的汁液……

一朵盛開，紫白二色相間的蘭花，被裝飾在杯緣……

「這款雞尾酒就稱作『蘭的遐想』……」

朵妮頗得意地向何豪興介紹道。

「噢，不是叫 my secret——我的祕密麼？」

他露出不解的表情。

「我只是跟 Paul 說用我的祕方來調酒……」

「並不是指酒名……」

朵妮笑出了聲。

「呀，您少爺的東西掉了……」

朵妮突然指了指何豪興的腳邊，提醒他道。

原來，不知啥時候，那半邊圖竟從袋裡掉了出來……

大概是沒塞好，又給碰著了什麼，才會如此……

他把圖紙拾起，放在桌面上……

「就是『它』……」

何豪興拍拍那半張圖。

「搞得我『愁眉不展』的……」

「你年紀輕輕的，好鑽牛角尖……」

朵妮只隨意的瞄了圖一下道：

「人，難免會一直不斷的去煩心某件事……」

「但，到了一定程度，卻仍得不到自己想要的結果的話……」

朵妮停下來，飲了口「蘭的遐想」潤潤舌。

「就該學會如何去放下……」

「不要落入了迷執之境……」

「反替自己的生命增添了許多不必要的勞苦……」

她居然用起了跟以前截然不同，頗具佛學性思維的的說話方式來開導何豪興。

「可是，我想我還是得再鑽一段時日的牛角尖……」

「再去談妳所謂的『放下』觀念吧……」

現階段，他是怎樣都無法將「S.W」從心底抹去的。

朵妮聽了這話，也只好聳聳肩，擺出「那就由你啦」的姿態。

何豪興回過頭來，打量著那杯「蘭的遐想」……

夢幻的紫……幽幽柔柔，飄飄忽忽的紫……

他回想起；那次，自助晚餐上，千璃在撥弄著紫色的鈴蘭花瓣時的樣子……

不過，那種紫，淺了點……

人在生命中，往往，有許多所謂的「過客」……

而…千璃也就在她那個人短短的，轉瞬的一念間，成了在他人生中一位永遠，眞正的過客……

他對她，就只能 hold 住過往的記憶，而再無機會去創造份屬於未來的記憶……

何豪興飲著「蘭的遐想」……

把它當成了杯烈酒般的麻醉自己！

何豪興從外頭走進了「Hatty」的大廳……

他剛去了家招牌爲「Sue's Window」的書店轉了個圈……

不消說，還是因爲此店名出現了S.W……

他腦裡老是有這種念頭在打轉……

夏風會把她英文譯名的頭兩個字母給抽起來，再變化成其它兩個字……

然後，讓它們出現在某個地方……有可能，更麻煩的是在別的國度，而非本地……

他亦有自覺到本身該是受了那匣蓋上，被刻得那麼走樣的s.w的影響，才會產生此想法……

但，這般認爲，直至目前爲止，也只能僅僅算是個「猜想」罷了—而他卻被這番猜想引領得在到處瞎撞亂碰……

服務台的人員招呼他過去……

遞給他一個白色的信封……

他迫不及待的把它給拆了開來……

裡頭裝的赫然是另半張圖！

他瞪視著手中信封套子……

信封是橫式的，上頭有著To：Mr.Ho的字樣，及這家旅館的英文地址，他的房間號碼……

字是印刷體，查不出爲何人的筆跡……

整個封套也沒有任何標誌，符號，或者是花樣……

封面，封底皆是片全然，純淨的白……

何豪興向交予他信封的旅館員工探問：

對方卻表示道：雖然，大廳的櫃台是有人二十四小時輪值沒錯……

但，台前穿流不息的人那麼多，根本目不接暇……

櫃台又時時忙著接電話，替客人辦妥住，退房手續，及處理瑣碎雜事……

有誰會突然趁他們一個眼神轉移，或離開一下下的空檔……就把這信封放在台子上—他們是很難得知的……

何豪興無語地再望望這信封上的字：

這夏風是曉得他這個人，連同他所下榻的旅社，及住的房間……

也就是說，他就是有在他〈她〉的視線範圍以內……

而自己，卻看不到他或是她……

他注視著廳內熙來攘往，形形色色的人等……

這其中……會有他〈她〉嗎？

另半邊圖在此意想不到情況，不費吹灰之力就給拿到了……

但，夏風……卻仍舊是音訊杳然！

回到了房間，他去向 house—keeper 借了膠帶，然後，把兩張半圖給黏貼了起來……

一個完整的圖樣就顯現了……它的確跟把鏟子有點類似，但又不完全是那個樣子……

何豪興注視了它良久，良久……

卻仍如墜入五里霧般……

他該如何去看，或想這個有點四不像，也等於是在考驗人類的想像力的抽象畫物？

一棵造型摩登的聖誕樹？

牛奶糖口味的冰棒？

也許，它本來就不是甚麼具體的物品，就單單只是個藝術創作而已。

此刻，何豪興才又發現了個嚴重的問題：

他對鳶族—這個自己的本源民族，懂得太少了……近乎無知……

所以，即使得到了全圖線索，仍無法從中剖析到甚麼……

再苦，也非得找到夏風不可……

此番境地，大概也唯有他〈她〉才能給自己關於那圖的進一步導示……

心有不順，也特別容易口乾舌燥……

他開始懷念起，前兩天，所喝到的「蘭的遐想」！

「Paul……」

「能不能給我一杯，跟那天一樣，用朵妮祕方調出來的酒？」

何豪興走近吧台，用不甚流利的英語向 Paul 問道。

「No problem……」

Paul 用食指及大姆指對他做出了個「OK」的手勢。

這回，他不似上次和朵妮坐在離調酒台有段距離的雙人座，而是直接就坐在台邊獨立的高腳椅上……

所以，能清楚的看到整個「蘭的遐想」調製過程……

只見 Paul 熟練而精確的將葡萄果液，萊姆汁，藍莓酒，琴酒……所需的比例份量納入調酒器中……

再將酒器俐落的搖兩下後，便打開蓋子，將調好的酒液注入杯中……

Paul 似乎並不在意讓客人見識到這「蘭的遐想」的配方……

工作時，一直都是那樣神態自若……

「其實，你所點的酒，它的成份很一般……」

「最主要的是，放了朵妮給我的這個……」

他掏出了個約一公分半長的小瓶子。

「orchid scent……」

何豪興有聽懂了 orchid 這個英文單字，是蘭花的意思。

他甚至還主動的讓何豪興聞聞那瓶蘭花香精的味道……

Paul 也只倒了一小滴這 orchid scent 在「蘭的遐想」裡……

可是，瞬時間，就點石成金似的……

杯裡隨即散發種極罕有，柔馥又沉雅的香氣……

而整個酒味也就這樣全給烘托了出來……

再在杯緣擺上朵新鮮的蝴蝶蘭……

這樣，一份完美的「蘭的遐想」便被擺在何豪興的跟前了！

旅館的酒吧到很晚才打烊……何豪興離去時，已接近午夜一點……

他享受了雙份的「蘭的遐想」……

因此，整個人醺醺然的，甚至，腳底還有點輕飄飄，就像踩在棉花堆中……

推門入房，何豪興便直接往陽台走去……

他仍然是一遇到有情緒，就會這麼著……

何豪興的身體趴在欄杆上……

游泳池與花園的景觀依舊……

但，過了這些天，再去面對時……

已完全是另番滋味……

在花園裡，他發現到受傷的李衛……

揭開了身世之謎……

泳池畔……

燈光樂聲中，千璃遞給他的半個葡萄柚，短短的一支舞……

今日來看，這已成爲是他和她之間最享受的一刻了！

咦，在此幽靜時分，那兒竟會多出了個穿長裝的女性身影……

她正沿著池子的走道，不經心，鬆散的渡著步……

「不會打擾到妳吧？」

何豪興走近，對正在游水池邊觀覽夜色的朵妮問道。

她著了件馬來西亞的沙龍裝，袖子和衣服都有點過寬，使得整個人看上去，要比別的時候膨脹。

「幹嘛怎樣說呢？」

「這旅館又不是我一個人的……」

她和他邊走邊談，大袖子前後搖擺著……

「如果妳願意，也有能力買下它……」

「算了吧……」

朵妮率性地把手一揮。

「經營 Hatty—等於拿根圖釘把自己給釘死在這……」

「整天得對著一大堆報表，帳目，進出貨記錄，煩透了……」

「又要看管員工—得時時扮黑臉……」

「還有，其它最受不了的……」

「是什麼?」

何豪興問道。

「遇到如我這般，太勤於投訴的客人呀……」

何豪興大笑不止。

「朵妮姐……」

他笑得有些上氣不接下氣的。

「妳還眞格兒是位巾幗英雌……」

「出口有夠豪邁……」

「不過，我喜歡……」

他拍拍胸脯。

「我就是這個樣兒……」

「從不限定，也不約束自己……」

「隨處飄泊，任意浮蕩……」

朵妮說完這話後，便抬起頭望著廣漠的夜空，彷彿在那片無窮盡的蒼芎中，正蘊藏她所汲汲追求的「自由」。

「這也就是說……」

「人好比陣風般……」何豪興形容著。

「到那兒，都只打算掠過一下就作罷，決不長留……是吧？」

「夏風小姐！」

# 第五章　金鳶祕藏

在朵妮的房裡，她泡了杯旅館所贈送的三合一即溶咖啡予何豪興……

這種速簡的飲料包，不管是如何努力去改進，也沒法跟現作的相比……

何豪興勉強試了一口……還是不能習慣……

所以，他也只是保持了個托著咖啡杯的坐姿，在進行談話……而並沒眞正的去飲它……

「很早時，我就聽過不少只有聞其名，卻見不著人的事……」

他凝望著咖啡杯裡泡沫，有感而發道。

「所以，就會產生許多的猜測……」

「說這人只是電腦所合成的偶像—並非實體……」

「或者認爲，一個名字原先也不過是件事物的代稱罷了—但，卻被社會大眾衍想成人名，然後，以訛傳訛……」

「變得好像眞有此人似的……」

「有種說法，即是；歷史上，並無莎翁這位文學家……」

「『莎士比亞全集』是聚合了多人的創作……」

「而莎士比亞只是這本集子的所取的名字而已……」

何豪興遊戲般，輕輕的拿起杯子搖了搖。

「我也曾一度懷疑過……」

「夏風是不是也僅僅是個虛設的人物呢？」

「要不，怎麼能把自己給藏匿得如此密不透風？」

他尋求答案似的望著朵妮。

朵妮則是握著她的維拉礦泉水，坐到何豪興的正面來。

「人和自己的名字並不是一輩子都劃上等號……」

她不以爲然的笑笑。

「一個人在生活中，本來就會擁有許多稱謂；小名啊，綽號啦，或者是何種頭銜之類的……」

「人名更是可以隨時改動的……」

「其實，夏風才是我的本名……」

何豪興頗爲意外。

「但我一直都在用英文名：Doreen……」

「及它的中文翻譯：朵妮！」

「一朵花的小妮子嘛！」

他想起了她那句調皮的介紹詞。

兩人不禁相視而笑。

「我該謝謝你特地帶我去喝了那杯『蘭的遐想』……」

何豪興看了看杯中的咖啡液體道。

「後來，我又獨自去飲了一次……」

「這回，Paul 給我看了妳給他的調酒祕方……蘭花香精！」

「它聞起來……」

他浮起了個尋找當時的嗅覺記憶的神情。

「就跟有條襯布上的一絲漬痕的所散發出的氣味……」

「是完全一模一樣的……」

「而那布是被放在個文具匣裡……」

「匣蓋子的右上方，雖然不是很容易被發現到和去體會出……」

何豪興的眉宇顯出了困頓。

「但，的確是有刻上了S.W的字樣……」

「要換紅茶或礦泉水嗎？」

朵妮聽著何豪興一口氣講了這許多，卻碰都不去碰那杯咖啡一下，便如此貼心地插上來詢問。

「謝謝，不必了……」

何豪興把咖啡杯放在一旁的小几上，比起喝東西，他似乎還更有興趣把話繼續下去……

「Summer Wind—『夏風』這名的英文，是可以這樣翻譯的，所以，極有可能，S.W指的即是夏風此人……」

「而這匣子和香精可不是那種大街小巷都有，隨處就買得著的物品……」

「絕對是私人祕製—只有鳶族人才會有的私人祕製技藝……」

何豪興已是懷著相當大的認同性在說這話兒了。

「所以，前後相連……」

「八九不離十的，朵妮該就是夏風了……」

他以慶幸的語氣下了這麼個結論。

「當初，是帶點好玩的心情，去製成那個文匣……」

大概是已顯露了夏風的身份，朵妮的言談已不似以往般大剌剌的，而，變得分外內斂起來……

「可是，見到那成品時，自己竟也喜歡了起來……」

「所以，一直鑾寶貝的帶在身邊……」

朵妮頗爲自得的述道。

「後來，我認識了個賣舊貨的塔麗……」

「丈夫棄他於不顧……」

「她得含辛茹苦的去獨養兩個孩子……」

「我去到過她那個二手貨攤……」

她露出些許的憂煩。

「貨品不怎麼高明……」

「攤位寥寥落落的，做成的交易也沒幾宗……」

「所以，妳把那文具匣送予她販售？」

「不止……」

她頗有含意的一笑。

「我還帶了些工具給塔麗，並告訴她：製這匣子的的技法……」

「希望，她的攤子能多些好東西……」

「帶起生意……」

「請她吃魚，但也必需贈她魚竿及教她如何釣魚……」

何豪興讚許著：他想自己實該為這個夏風喝采一下。

「但，過不了多久，她卻收攤了……」

「聽說，是帶著一對兒女，到法國鄉下，投靠她做蔬果商的表兄去了……」

「而她人也就這樣，沒了下文……」

「哎……」

朵妮突地概嘆起來了。

「贈人時，太匆忙了，忘記該把那一時大意，才給染上香精痕跡的墊布從匣中抽起……」

「讓自個兒的心血結晶裝進件有暇疵的東西……」

「總是缺憾一樁……」她不甘願的動了動身子。

「但，無庸置疑的，整個的匣盒體是零缺點的……」

何豪興用手指掣出了個圓圈狀，表示完美之意！

依他看，朵妮只是抱怨抱怨東西有缺失，倒不是在氣……因爲如此，使得自己發現她即是夏風！

「在酒吧時，我聽到你提到；正爲那半邊圖煩著……」

「依照一般性的判斷；該是因爲找不著那另一半才如此的……」

她用量度性的目光對著他。

「我只想悄悄的將那半圖交到你手中……」

「並不願現身……」

「沒料到，你竟會成了那匣盒的買主……」

「而把我給『叼』出來的……」

她眼光直直的落在何豪興身上，不過，倒無惱怒之意。

「噢，我先聲明一下……」

「那文具匣並非我所有……」

「是一位長輩朋友的，借來給我查事情的……」

何豪興趕忙解釋。

「妳還眞是個不折不扣的鳶族人哩……」

「居然，選了『叼』這個字，而不用別的……」

他有意點出她語言的趣味性。

「不，你錯了……」

「大錯特錯！」

朵妮卻儘在那邊猛搖其頭。

「在下可是最不像鳶族的鳶族人了……」

「怎麼說？」

「鳶族人個個都是穩定，嚴謹，並具忍耐力……」

「不明示於人，卻全力以赴，去保有他們的精神文化……」

「不能說個個吧？」

何豪興小聲的否定著。

他想起了莫莉亞。

「我這付德性，你也看到了……」

朵妮伸展雙手，做出個開放型的姿態。

「決不願被固定，受限—不管是靈魂還是身體……」

「浮遊一世……」

「每個地方都可以當成家—卻又皆不是家……」

「也許，正因妳這種特性……」

「顏澤才請妳保管那半邊圖……」

何豪興似有所悟瞧了瞧朵妮。

「讓祕笈的半條線索，無法老是放在同個地點……而不好找到。」

「於是，如此一來，祕笈也就可以藏得妥當，不容易落入想爭奪它的別族人手裡……」

「經你這麼推繹分析……」

「我倒成了鳶族的功臣似的！」

朵妮勉強笑笑，有點赧顏。

「這會兒，我看妳又更像鳶族了……」

他存心搞笑一下。

「妳身上這件袍子，有這兩隻那麼大的袖子……」

「只要手稍稍舉高點……」

「可不就是活靈活現一對鳶的翅膀嗎？」

他捉狹的眨眨眼。

「喝，你這小鬼呀……」

朵妮笑罵著

一付作勢要打人的樣子。

只見何豪興不急不徐的從袋裡掏出，那個剛剛他從對面，自己房間拿來，已拼好的「全圖」來……

他把咖啡移開，將圖平整攤在小几上。

「最先，我尋夏風，全爲了那另外半邊圖……」

「後來，找夏風，卻是期待她能幫我解讀出那張已趨完整的圖像，其中所蘊含的意指……」

朵妮感到何豪興的煩惱似乎比在酒吧時更加重了些！

「『横看成嶺側成峰，遠近高低各不同』……」

她居然是先順口唸了兩句詩。

「當我們在面對一件事物時……」

「是要試著從不同，多點的方向及角度去審視……」

「似乎不該會那般直接……」

「正對著你的那面，就恰巧是它想傳達的意思……」

何豪興無比專一聽著朵妮……不，此時，應該視她爲夏風了……正在用步步鋪陳的方式，指領他得其圖意。

「另外，改變事物予人們印象，還有，另個重要因素……」

「那就是光線！」

「嗯，光線……」

她愼思道。

「一棟建築物，會隨著一天不同的時段……清晨，正午，黃昏……」

「去產生色彩方面的變化……」

她放下水，拾起了那張圖……並將它橫過來……

拿到書桌邊，擱在強烈的檯燈光下照著……

「你自己過來看看……」

她對何豪興叫道。

近書桌邊後，他才發現到了圖畫的黃褐色在不同瓦特的燈泡下，竟會變得透明有光……不再如他前幾次所見，如此之厚重……

上頭的幾根細條紋，也分外顯凸起來……

加上，以橫幅來推斷的話……

「被妳這麼一調整……」

「這圖，就變得有點像是片葉子了……」

「而且，該是比較屬於秋季落葉那番型態……」

何豪興盯著圖，訝然的說道。

「我要先點明的是……」

朵妮梢微提高了點聲調。

「你算是找對了人……」

「這圖是片樹葉沒錯………」

「不明究理的人，就會到處去找，看有無此種葉片的植物……」

「而即使尋著了……」

「也還是觸不到那祕笈的……」

何豪興聽了此語，卻是是滿面狐疑的望向了朵妮；到了這一階，不知其中又藏了啥玄機？

朵妮在書桌旁的椅子坐了下來。

她的兩隻手在桌前交疊著；似在暗示，自己下頭所講的將會是個決定事情結果的關鍵。

「這葉子圖，事實上，是枚徽飾—葉姓家族的家徽……」

「他們最近一代的傳人—葉勁松，跟顏澤是拜把子的……」

「而我曾在顏澤家中，看到與圖一模一樣的徽章……」

「是葉勁松送給顏澤的紀念品……」

「這葉姓家族……」

「並不是鳶族人……」

她換了個坐的姿勢。

「卻非常傳統而保守……」

「聽說，還在習書法，作對聯，聽平劇，廳堂甚而掛著好幾幅國畫……」

「那，過年時，他們是不是仍然在自己蒸年糕，蘿蔔糕……一大簍一大簍的，家製臘味，成排成排掛在竹竿上……」

「還要穿紅棉袍—像我父母回味他們的童年時情景那般呢？」

何豪興聽聞有這樣「古派」的人家，並不排斥，反而認爲是提供了個發揮自己想像力的奇妙空間，而覺得很有意思！

「最主要的是，葉家人是個非常具道德感的人家……」

朵妮反倒是一直都異常嚴肅的在談論著這家人。

「在今天的社會的情況來看；很稀有了！」

「顏澤必定是十分信任的，絕對放心的，直接把鳶族的祕笈就託給葉勁松保管……」

她用詞清晰，有力，以相當肯定態度的做這麼個判斷！

「所以，我說嘛……」

「你也算得著了點運氣……」

她指了指何豪興。

「要不是，顏澤生前，我和他交誼深刻……」

「才會去了解到他和葉勁松有這樣一段淵源……」

「要不，這張圖可能還是個無法發揮線索作用的死物呢……」

朵妮把圖從燈下拿起，交還給何豪興。

「而我這人……」

她斜倚在椅上，自然地表現出一付隨興，不拘束的模樣。

「總是，世界各地的亂跑……」

「卻偏偏在這節骨眼上，來到這兒……」

「又那麼不巧的，疏忽了一些些，又被你給『逮』了出來了……」

她故意裝出個氣鼓鼓的表情來捉弄何豪興。

「噢，那妳該恭禧我一聲了……」

何豪興便也就像作戲似的對朵妮欠了欠身。

「照妳這樣說來……」他恢復了正色道。

「只要去找葉勁松，便能拿到密笈了……」

何豪興眉頭不覺地就舒展了開來；事情似乎要比自己預想得要還要順當些。

誰知，這時，朵妮反而是面露豫色。

「我認識葉勁松的女兒—葉庭郁……」

她慢吞吞的說。

「前兩個月，她捎來了封e—mail，告知……」

「說自己的父親得了急性腸炎，送醫院太遲，變成腹膜炎，來不及救……」

「就這樣走了……」

朵妮的聲音輕輕地自何豪興耳邊劃過。

「葉庭郁還是單身，早年，母親就因故離開他們父女兩……」

「她又是葉勁松僅有的孩子……」

「因此，現在，是一個人獨守著爸爸留下的住宅……」

「你還是可以往她那兒去探探消息的……」

她重新給何豪興一份希望。

然後，像完結了件事般……

走近小几……

握住那瓶礦泉水……整個人才緩緩地鬆弛了下來。

就如同在「古源」工作時……置身在葉家的宅第，也會讓人以爲是穿越了時光燧道，來到了另個年代……

葉姓人家的房子深且廣，甚至還可以聽到回音呢……

前廳擺的是檀木雕花座椅，到處佈滿了古花瓶，字畫，文石，玉器……

何豪興有陣子好看章回小說……他想，自己這下，還果眞來到了那些書中所描寫的帝制時期，大戶們的住處……

葉庭郁是個有點年紀的「熟女」，頗具風韻！

應是受了家庭的影響，舉手投足間皆散發著濃濃的古典味。

大概，朵妮事前已知會過她，所以，她對何豪輿十分的親切，也處處都表現出很肯幫忙的樣子……

他向她探問；顏澤是否有將甚麼物品託給她過世父親時……

葉庭郁居然很快的答道：

「啊，有的……」

「顏叔是交過件東西給我爸……」

「不過，是託他保管的……」

「顏叔叔他還再三講明；不管怎樣，這件託管物一定得保護好，將來，非得交付於一位正統的鳶族人才行……」

她的眼光不覺地就射了何豪輿一下。

「放心吧，我是個如假包換的鳶族子民……」

何豪輿挺了挺上半身。

現在，只要一提起自己這個本族，他的口吻就儘是滿滿地自傲與自信！

「哦，當然，當然……」

葉庭郁一連疊聲道。

「有朵妮姐的背書，是不容置疑的……」

「這託物就放在儲藏間……」

「請你跟我來……」

她向何豪興招了招手。

他有點難以置信；這矜貴的聖典，維繫著鳶族精神命脈，如果以實價來計，又何止幾億，幾十億甚而幾百億呢？

可是，這回兒卻……好像……何豪興不覺地捎了捎腦袋……不是那麼困難，就可拿到手了。

與葉庭郁來到儲藏間……

横亙在他面前的，卻是……

一個笨重的大鐵箱！

跟其它箱子的最不同處是；它是用了把長型古鎖來把裡頭的物件給嵌得牢牢的……

「葉小姐……」

何豪興的聲音有點發急。

「妳有沒有開這箱的鑰匙？」

「或者，知道它放在甚麼地方？」

「那眞是要對你說抱歉了，何先生……」

「我一直都只有知道這個鐵箱，不曉得有沒有關於它的別的配件……」

葉庭郁困惑的輕晃了下頭。

何豪興呆呆注視著這只堅實異常的鐵物……

上下，前後，左右前總共有六個面：面與面都契合緊密，等於是整個箱身都被封得死死的……得依賴鎖匙才打得開—而且，還必需是原先那把，因爲這種特意打造的仿古之鎖，恐怕非一般鎖匠所能破解的。

「那能不能麻煩妳讓我看看你們家那個葉片型的家徽？」

何豪興用手懸空畫了個葉子的型狀。

他有留意到了那鎖上面也有著葉家家徽的圖案，而自己也是因爲這個徽飾才找上這位葉家女兒的……所以，靈機一動……

他試著看能不能從中，推敲出那鐵箱子的鑰匙所在……

誰知，葉庭郁竟會如此回答道：

「我們家已經許久沒再製造這種葉型的家徽了……」

「最後一個……」

「也被爸拿去當禮物，送給顏澤叔叔了……」

正當，因爲事情又被卡住了，何豪興露出了一付極傷腦筋的模樣時……

葉庭郁卻又說出了另外番話來。

「可是呢……」

「傳承的家徽型態，卻還必須被永久的保存下來……」

她珍惜而思念地講著。

「就另種意義來說，大概是那葉子徽章上頭，仍附著她已經往生父親的影子吧？」

何豪興暗忖著。

「所以，我們就把它轉變成飾物，加鑲起來後，裱上鏡框，給掛在書房的牆壁上……」

「如果有興趣，不妨就去瞧瞧……」

「順道作個參考也行……」

葉庭郁和顏悅色地提議道。

何豪興立在葉家書房的中央，一瞬也不瞬盯著牆上的裝飾物……

葉庭郁則是一直笑瞇瞇地，陪在旁邊……

幾分鐘後，她居然主動把那鏡框給取了下來……

把那片葉子飾物，連同鑲襯的絲緞底，從框中拿出，交予何豪興近看……

「沒關係，它是活鑲的……」

「你可以把東西脫下來，方便研究……」

「等下，再把放回去就成了……」

葉庭郁倒是一付助人就助到底的形容。

何豪興便即可把葉片從絲緞面取出；留下有葉子型狀的凹洞在其間……

物品是玳瑁所製成，仿真葉大小…精雕細琢的……

他把這玩意兒置在手掌心，坫了坫，覺得有點沉……

接下來，又重覆看了它好幾遍……

終於，他洩氣的把這葉片物飾塡回了原先那個凹陷處……

箱子古鎖上的葉子和這飾物在形狀上是一模一樣的……

但，卻發現不到它與開箱的鑰匙有絲毫的相關性……

他找到鳶族祕笈了！但，卻遲遲見不著面……

朵妮在旅館穿衣鏡前，猛打轉子……

她不斷地試換著她在此地購置的幾件花布裙裝……

只是，磨了這老半天，卻沒那款對得上眼的……

好像自己把它們全格兒都給穿「醜」了似的……

把這些衣裳全掛回原先店的架子上，可能還好看些呢……她驚訝自己竟然產生此樣的想法！

唉，或許是本身有了年紀……

身型走樣，皮膚鬆弛……容貌也變殘了。

所以，怎樣都帶不出衣衫的味道來……

「衣服穿人」的時代是過去囉！

她開始用眼霜起勁揉擦起自己眼皮，眼角來……

並積極去按頭捻背……

無意間，又去觸著背上方那個「鳶記」……

「鳶族……」

朵妮喃喃地唸著這個名詞。

她攜著顏澤託給她的「半邊圖」，遊走四方……

但，她和鳶族的連繫卻仍這般淡漠……

直到……

何豪興踢爆了她「夏風」的身份！

她那「鳶族」的認可意識才算有點甦醒過來……

門外，傳來些聲響……

大概是豪小子打道回府了……

朵妮走過去，把門打開……

何豪興正站在自己房門口，掏出房卡，準備入內……

見到朵妮，他勉強地一笑。

「我去拜訪了葉庭郁……」

「也探到顏澤有把個大鐵箱交給了葉勁松……」

「又在葉家的書房中，檢視了由他們的家徽所製的裝飾物……」

他的聲音平直，單調，無起落，就如同小學生在背誦書本似的，顯得相當意興闌珊……

「可是呢……」

「卻無法找著開箱子的鑰匙……」

何豪興整個肩膀無力的垂了下來，一付頹疲狀。

朵妮的眉尾梢稍微的動了動……似乎從何豪興的上述的話中，有悟到了點什麼……

但，隨即，卻就將它給甩開了……

她用種悅愉而開朗的聲調對何豪興說道：

「你這一分鐘，卻並不是在葉家呀……」

「都回到這兒了……」

「所以，就該來個『眼不見爲淨』—徹底拋掉那些惱人的東西才是……」

她拍了拍他渾厚結實的背。

「怎樣？你對這家旅館的食物，已經吃得很過癮了吧？」

朵妮又猛不防又對他來上這一問。

「嗯？」

何豪興不太明究理。

「別對『Hatty』沒啥變化的餐飲，忠實過度了……」

朵妮又回復了她說話本色。

「吃飯皇帝大……」

「我請你去一家很棒的大溪地餐館……」

她舉起了右手，做成拳頭狀，來增加話的力量！

「聽妳的，朵妮姐……」何豪興微笑的應道。

對於朵妮老是想把他的情緒給提昇起來這點……

他總是心存感激！

他們來到了一家叫「Ki Ki」的餐館……

地方是採露天開放式的，被水池，綠油油的植物所圍繞……

室內，火矩高舉……

穿著鮮豔，脖掛花環的男女侍者，在上鋪紅白格子布的桌台來回穿梭著……

一個六人團體正用打擊樂器奏出一首首活潑俏皮的樂曲……

朵妮要了蘋果鳳梨汁及海鮮沙拉。

「你也一樣吧？」

她敲敲何豪興面前的桌子，問道。

他沒異議，畢竟，來這兒，是散心的意味大過於用餐需要。

等餐時，朵妮十分的自得其樂……

在座位上……

就直接跟著曲子的旋律……搖頭晃頭，手舞足蹈起來……

旁若無人的，全然陶醉其中……

「朵妮姐……」

何豪興忍不住打擾她了一下。

「我可是不佩服妳都不行……」

他飲了口白水。

「妳是那種……無論何時何地，發生了甚麼事……」

「都能馬上就從苦惱的狀態中抽離出來……」

「尋到樂子……」

「你以爲，人是一生下來，就看得開的呀？……」

朵妮將動作整個地停了下來……

頗具心思的看著何豪興。

「最難熬的是青春少女期……」

「對成人世界一知半解……」

「摸不清生活方向，按捺不住的情緒……」

「『無端狂笑，無端哭』實在那時的最佳寫照……」

「大了呢？……」

她莫可奈何的笑笑。

「在失戀的痛苦階段，老想拿條繩子往頭上一套，來個一了百了……」

「等這時間一過……」

「又感到自己簡直是蠢到爆……」

朵妮自嘲性的撇撇嘴。

「以爲嫁到了個絕世好男人……」

「最後，他還是跟別的女人跑了……」

「人……這種動物啊！」

她喟嘆道。

「你說他們這兒……」

她用食指在自個兒的頭右側轉了個圈。

「再發達……」

「也無法預測下一秒鐘會發生甚麼樣事……」

「及時行樂，反倒是實際些……」

「而這樣，人生的無力感也會減輕許多……」

朵妮用雙手緊緊的圍住水杯；彷若此樣的姿勢，等於就是擭住了時間，而能使自己儘情的享受一切般。

何豪興在余安那兒，倒也是聽到過類似的論點。

飲料先上來了……

於是，他便拿起眼前的果汁，向朵妮舉杯道：

「無論如何……」

「咱都該爲妳這瀟洒不拘的人生態度乾上一杯，朵妮姐！」

她跟他碰了碰杯。

過了會兒……

朵妮及何豪興面前就被擺上了兩顆黃澄澄的迷你型南瓜。

「我們點的是海鮮沙拉，並不是什麼南瓜盅呀……」

送上來的菜，竟如出人意料之外……

何豪興一時情急，便向著端餐來的外國侍者，脫口而出了中文。

只見，朵妮卻不急不徐，從容不迫的掀開了南瓜上頭有蒂的蓋子……

原來，南瓜裡頭另有乾坤；

裝著滿滿的，新鮮的……蝦，蟹，魚，貝……

「沒你的事了……」她對侍者擺了擺手。

「只是被廚子開了個小玩笑而已……」

待侍者退場後，朵妮用匙子邊將海鮮上的沙拉醬拌勻，邊評論道。

「乍看之下，也許只是個單一，密實的物體……」

「但，可能，其中卻正包藏著我們所想要的東西……」

說完後，她便專心的吃起自己的海鮮晚餐來。

但何豪興卻遲遲未見開動……

「單一，密實的物體……其中，卻正包藏著我們所想要的東西……」

此話，像一道靈光似的躍進了他的腦海……

他不覺地就對著桌面上那個裝滿海鮮料的南瓜，怔怔地出起神來……

當他手托著那個葉子裝飾時……

似有感到此物比想像中是要重了點……

啊！他懂了………

何豪興再次來到葉家的書房……

當他二度接觸這個葉型飾物時……

就已完全把它當成了一方「內有所藏」的收納盒……而並非是個僅僅用來玩賞的家族紀念品。

在葉庭郁同意他打開那片葉子後，他便另外向她借了把小刀……

撬開了它之後……一把小小巧巧的葫蘆狀鑰匙正被固定其間……

他確定……那必是用來開鐵箱的—因爲它有著和那古鎖上面全然相同的葉子花樣！

打開箱子…何豪興搬出了一座約五尺來長，鳶的黃金塑像！

鳶昂首向天，雙翼高展……

鳶眼犀利精銳，似乎可貫穿萬物，而直達宇宙的盡頭……

雖然，這不過是打造出來一隻假的鳥禽……

但它所呈現出堂皇的外觀，逼臨眾人的氣勢……

堪稱是「鳶之王者」！

「哦，何先生……」

「眞該打從心底感激你才是……」

「要不是你又來了這一遭……」

「我還沒法知道，我們家居然還藏著這樣一座……」

『神話』似的鳶雕像……」

在旁邊的葉庭郁對這「鳶像」發出一連串的驚呼！

「如果……」

「現存的鳶族人想找精神象徵……」

「合該就是這個了……」

何豪興用著萬分誠虔的口吻，如此的回應著她。

在紫鳶姑的家中……何豪興，李衛，海樂幾人有了個小小的聚會……

他們炸香蕉，烤春雞，蘋果及紅薯……

把椰子剖開；果肉挖出來，淋上醬油，芥末，美乃滋，再加上剁碎的青紅辣椒……

使其成爲一道爽口的涼拌小菜。

椰子酒就直接倒進椰子殼中—讓酒更出味！

多出的椰子肉，甚至，還可以把它們切成細絲，撒在糕餅上面。

大家多少有點手忙腳亂，但全都是興高采烈的……

金鳶像被置在飯廳的正中央……

如同睥睨著眾人般，卻也像是護祐著他們……

何豪興有好幾次停下手邊的烹飪……

在鳶像前面晃來晃去的……

「該不會有其它的答案了；祕笈應就是在鳶雕的底座裡……」

「但，這次，卻更絕了……」

「整座雕塑品，都沒發現過半個孔，可以插鑰匙的……」

他跟朵妮談及了自己的這番疑難。

「不一定要用鑰匙，還是會有別的法子把鳶雕從底部移開……」

朵妮冷靜地說出意見。

「啥法子？」

「妳就不能爽快的說出來呀？」

何豪興急得差點沒跺腳。

他著實受不了這個「夏風」老是喜歡在那邊和自己玩「暗戰」。

「到了這關……」

「我可是眞的沒轍，何少爺……」

朵妮的語氣，表情，倒讓何豪興覺得並不像在「作僞」。

「不妨試著從鳶族歷史文化中去找尋，說不定有答案呦……」

她又突如其來的添上這麼一句。

「你也可藉機補補『鳶族』這門課程……」

她用手背扣了扣他的膀子。

喝！她居然是叫自己去「進修」哩！

至於紫鳶姑和李衛……

他們似乎認爲何豪興能「挖」到這樣一座如此「眞」與「活」的鳶像，就算是功德圓滿！

顏澤用這種方法把祕笈藏得妥妥；也是很理想的。

就讓這黃金鳶像擺上段時間，觀賞觀賞……從中取出鳶族寶典的事，暫且擱置一下亦無妨。

何豪興不太懂這些大人們，凡事都可以慢慢磨，不必操之過急的心理……

年輕的海樂倒是站在他這一邊……

她提議就乾脆將黃金鳶像運往台灣算了……

「三義一帶，雕刻特發達……」

「或許，在那邊，可以找到個高人……」

「指點迷津。」

不能說她講的沒可行性，但這樣一來，也未免太費事了些……

所以，對海樂的法子，他終究也只能當參考。

食物已備妥，桌子也佈置好了……

熱帶的餐飲；姑且先不論吃味爲何……

器皿旁總是會被大朵的鮮花，鮮翠的長葉所裝飾著……

色彩豔麗，奪人眼目……

任誰見到，都會心情大好！

每位都有份參予這場「盛宴」的製作……

既然，道道菜餚都有自己的「巧手靈思」……

那可要好好的捧捧自身的場，儘情地大吃一番了！

四人團團圍坐著……

「知道夏風不來，我還著實失望了下呢……」

「我是有興趣去認識認識這位很不一般的女性……」

「希望她只是走不開，而並非不願來……」

「ㄟ……」

紫鳶姑剝開一條紅薯，抱憾道。

海樂用手肘碰碰旁邊的何豪興。

「不是因爲你，才揭穿了她是夏風的嗎？」

「怎麼就沒辦法勸動這女的，參加此次餐會呢？」

「小姐啊……」

「我只是識破了人家另一種身份罷了……」

「這又不是甚麼性命交關的大事……」

「她怎麼會事事都聽我的嘛……」

何豪興對海樂這番邏輯推演，是持全然否定的態度。

他把正在切割燒雞的刀叉先放了下來……

感悟深切的論著：

「夏風—她堪稱是我們鳶族的『隱士』……」

「那倒是……」

李衛灌了一大口的椰子酒後，便如此接口道。

「要不然不會這樣蹤影全無……」

「連點些些微蛛絲馬跡都沒有……」

「還多虧得少主你，有這等搜出人的能耐……」

他對何豪興雙手抱拳，同時傳達出賀意與謝意。

「能耐？碰巧罷了。」

何豪興嘴上是這般回著，但心裡卻叨唸道：

爲了那半邊圖，汲汲去尋覓「夏風」這個怪女人，縱非是翻山越嶺，長途跋涉……但也是不辭勞苦，連日奔波哩！

後勁頗強的椰酒，使李衛雙頰泛出了酡紅……

他酒後吐「箴言」：

「萬物皆有理，人亦各有道……」

「夏風─她自有她的的立身處世的『道』與『理』……」

「我們也就不必過於勉強人了……」

這些話想來該是特意要對紫鳶姑說的……

何豪興只見她耳聆此說後，就微微一笑……

也不再去多發表甚麼意見了。

「衛叔……」

「您還是多說些鳶族的事給我聽聽吧……」

何豪興用手托著下巴。

閃閃發亮的目光中，掩飾不住心頭強烈的渴望！

「鳶族的甚麼事啊……」

李衛將手裡椰子酒盅先暫且的擱在旁後，便對自己這位小主如此地笑問道。

「被你突然的這一提……」

「我反倒是一時不知從何說起了……」

他拍拍後腦勺，有點難以作答的樣子。

「這樣吧……」

「我就講些比較簡單有趣的……」

李衛的有點像在哄個吵鬧著要大人講故事的小孩般……

「談談鳶族的數字觀念吧……」

何豪興縮緊了身子，集中精神意志，準備好好地聽講一番。

而紫鳶姑，海樂兩人則依然在那兒悠然自得的邊吃邊聽。

「中國的傳統社會，很避諱『四』……」

「因爲，覺得和『死』發音很像……」

「但，鳶族人卻反而特別偏好『四』這個數字……」

「取其『兩』『兩』成雙』之意……」

「是不是包含著……一對鳶鳥，比翼雙飛的意象呢？」

何豪興隨即做出此種聯想。

「不止如此……」

紫鳶姑插了進來。

「鳶族人對『四』還另有其想法……」

「它有日月一雙，山海一對的意義……」

「日月象徵天，山海代表地……」

「所以，鳶族在喜慶之日……」

「會準備白，紅綢巾各兩條……」

「白的上面鏽日與月，紅的則是山和海……」

「白色現出上天的純潔光明，紅色則意喻了大地的元氣，生命力……」

「期許族人能擁有純潔光明的心地，豐沛的元氣，生命力……」

她十分盡責的在解說。

「沒想到，這個不討喜的四，鳶族人卻能賦於它如此深遠的意涵……」

何豪興嘆道。

「照你們所說，我倒有注意到了一件事……」

他用食指往上一比。

「就因為夏風缺席……」

「我們才成就了這『四人晚餐』的……」

「因為這樣，卻反而能大大地符合鳶族人對四的信仰！」

他此話一出……

倒讓在座的四人彼此互換了個會心的微笑。

「不過，鳶族對『一百』這個數目可就相當排斥了……」

李衛又繼續的往下說。

「嗯，這倒是稀奇了……」

「一般人，通常，都還要卯足了勁，去把日常東西用品湊到這個數字，來討個吉利呢！」

何豪興又忍不住發表「高見」了。

「可是，『百』卻也透出種已走至盡頭的感覺……」

「往生就叫百年之後，守喪要滿百日……」

「族人自認為是潛力無盡，宗族也將綿延不斷……」

「所以，反而擁戴『九十九』此數……想它還有鼓舞自己向前躍進的動力……」

「他們會揉製九十九個麵粉團子……」

「要恰巧要邀到九十九位賓客……」

「給自己九十九天的時間醃菜或完成一組竹籃的製作……」

「美麗的九十九呵！」

何豪興順口就帶起這麼一句。

但，其實，他內心卻有些空洞失落……

李衛提這些甚麼四，九十九……鳶族所鍾愛數字之類的，是好玩好玩的啦……

可是，依然沒予他任何怎樣去打開那鳶像底座的靈感啓發。

「哦，另外，還有一點，是比較特出的……」

李衛竟然下文未了。

「據說……」

他清了清嗓子後，又加喝了口酒。

「當鳶族還在山區生活時……」

「有位醫者，跑到了西域去採草藥……」

「所謂西域，也就是當今的絲路一帶……」

「不巧，卻在沙漠中迷了路……」

「更糟的是；他一直都覓不著水源……」

「當他正擔心自己會不因此乾渴而死時……」

「突然地……」

李衛就像要模仿說書先生，欲造出一種戲劇性的音響效果般，往桌子就那麼重重一拍……發出「啪」一聲！

「一隻鳶迎面飛來……」

「接著，就著著實實停在他的跟前……」

「原來，在那隻鳶右翅的第十二片羽毛上，被牢牢的縛上了個粉色的香囊袋……」

「他解下了那囊袋，打開它……」

「袋裡放了張折疊的沙漠地圖……」

「憑著圖……」

「這位醫道中人找到了水源及出路……」

「得救了！」

他溜了眾人一眼。

「不問這隻鳶的來歷爲何……」

「鳶的確是又再一次做了我們族人的守護神！」

沒人露出懷疑的神情，

「自此以後，鳶族之間，便流傳著這樣一句話……」

李衛祭司揩揩眼睛，有點像是被感動到了……

「吉鳶十二羽！」

「指鳶翅上的第十二片羽毛，是祥瑞之羽……」

「吉鳶十二羽！」

何豪興霍然的從餐桌上立了起來！

走近鳶像前……

他緊緊地注視這隻鳶，那兩方向上飛展的翼翅……

右翼—由十二根的黃金羽毛所構成……

左翼—卻是十三根……

何豪興毫不猶豫就去抽動那左邊的第十三根……

當羽毛被移開的瞬間……

整座鳶雕竟就整個的轉了起來……
這鳶雕像其實經過機關設計的……
而，如果，不是對鳶族習俗傳統有一定的認識的話……
會絕對無法得知，這啓開機關的法子……
仍是多虧朵妮的提醒！
既然雕像已經鬆脫了……
便很容易把它從底座上拿起……
底上面有個凸起的圓柱體……
何豪興將那個圓柱體按順時針向轉了幾圈後……
整個底座就被打開了……

顏澤是將祖先流傳下的祕笈……
化成十二本，一式化，黃金封面的小書冊！
齊齊密密的排在其中……

# 終章　鳶飛的季節

空曠的山頭……

鳶族人正舉行一場許久，許久都未曾辦過的「鳶祭」……

照紫鳶姑及李衛的想法是……

何豪興已經將自己與鳶族確實連接了，他們也了解他跟與猿神族有過一番「生死鬥」，才存活下來的……接著，是歷經許多波折後，方能覓得金雕鳶像，找到祕笈的—而讓它重現在此世代的鳶族人面前……

這種種也算是替鳶人們建功添喜了！

所以，適時來場「鳶祭」慶祝慶祝，也是順理成章的……

雖然，沒法和原來的規模相較……

但卻是，能再次的藉此凝聚了鳶族的向心力和強化這族的精神……

何豪興是名義上「主場」……

這讓他實在是既羞愧又好笑；

因為，自己該是所有參予這典禮的人中，對鳶族這個民族的各方面常識最貧乏的一員。

李衛穿著那套曾讓何豪興困惑不已的黑色祭司服，和紫鳶姑兩人……

領著四男四女進行獻祭……

從這批男女的造型中，何豪興總算見到了那些武士，女子從「書」的圖畫裡活生生的走出來的樣貌……

而他又發現到另一項事實；這些武士，並不是要赴戰場的，而是要「守護」著在祭典上每位族人……

黃金鳶像也被帶到祭典上來，作成十二冊小書的祕笈依然牢牢的放在像底座中……

女孩子手中各持著一個銀盤，上面置分別了鮮花，果品，生米及一種特製的小圓麥餅……

她們吟唱著鳶族文的歌曲……

將盤裡的供物撒向四方……

歌聲愈來愈清越，愈來愈悠揚……一會，又轉為小聲……然後，逐漸……逐漸的變弱……

終至沉寂……

突然又一高音躍起，如條拋物線般竄至天際……

這聲還眞有如道天庭召喚令般……

奇蹟似的……

竟眞出現了幾隻鳶……

至遠方飛翔而來！

「鳶呵……」

何豪興忍不住驚呼了起來！

其它在場的鳶族人，卻大概都已經料著了這情景……

所以，鎮靜如常……

沒作出任何表情或肢體上的變化。

弄得何豪興只得訕訕的在一旁陪笑著。

鳶們停了下來……

開始享用族人所備的祭品……

它們輕啄著米粒，水果，及麥餅……

姿態高雅，神色從容……

何豪興和所有的族人一樣……

也對這群鳶流露出崇敬的眼神！

他深切感受倒；

鳶—不是單單是種飛禽，而是個有具靈氣的神祇—眾族人的教主！

鳶結束完它們的「享祭」後……

便呼嘯的一聲，沖飛上天……

鳶族人則雙手左右撐開，對著離去的鳶鳥，俯下頭，行了一個像要飛似的禮儀……

等鳶們蹤影全無後……

他們又升起了火……

何豪興曾聽紫鳶姑提起過：

「除鳶之外，族人還很景仰『火』……」

「火對他們來說，不僅能實際的驅走黑暗……」

「多去參拜它，還能燒盡人內心深處的邪惡與雜慾……」

「而使性靈升華……」

獻祭的少女們，已開始圍著熊熊的火推，柔柔的舞動起來……

其他的人，便配合著她們身體的旋律，一起輕聲唱和……

火是如此狂暴猛烈，毀滅性極強的東西……

但鳶族人卻用如此「以柔制剛」的型態來對待它……

何豪興在想；不知這是不是鳶族對原始自然的另種高超智慧的表現？

拜完了火，與祭的人又燃木焚香起來……

點的是鳶族專用的鳶尾花香……

煙裊裊上升……

以前，鳶族住在雲南，緬甸交界處的山裡……

點放煙香，有除障癘，驅禍魅的作用……

今日來看，除了是儀式的必要程序外……

何豪興對此也有自己的解讀：

煙霧，不斷的升高，升高……往四方擴散……

像是要把這鳶人的思祖之情無遠弗傳遞出去！

他認定：這世上是不會有支民族，能似鳶族般，如此服膺的自己的遠祖，及……

滴涓不漏，距細彌遺的去承繼了他們的哲思與才藝！

何豪興盯著那薄薄的，如輕紗般的煙霧……

腦中隨即又旋出了……

那個如煙似霧的女子的影像……

在被余安從那個孤崖上救回後的，第四天的早晨……

他在旅館房間所提供的一份英文報紙上……

見到了自己被囚禁過房子的照片竟被登在其中……

他急急忙忙地去閱讀那附載的文字報導……內容大約是說；

徐家人，到那地方去找千璃，在屋裡，卻發現她和 Tony 的屍體……

照千璃養父母的說法是；Tony 最近在事業上，產生嚴重虧損的現象，甚至，還有被銀行扣押資產的危機……

所以，應當是一時心情鬱結，難以排遣，才服藥輕生的……

而千璃，對這個同居人向來都是忠心不二，在不願分離的情況下，自然也就會去尾隨其後了……

這番解析，聽上去倒也稱得上是合情入理，令人不疑有它……

但，卻使得何豪興只想大聲苦笑……

只有他一人知悉事情的「眞象」……

可是，他要是不說出來……

這「眞象」也就永遠無法成爲「眞象」！

煙霧飄渺，觸不著，也抓不住……

迷迷矇矇的，把週遭一切的人與景都渲染得像是個虛幻夢界……

是的，他和千璃之間……

也只能算是做了場「夢」罷了。

於是，何豪興不再看「煙」了……

他把視線調向身後的方向……

距離祭典所在地，約兩丈半處……

朵妮……噢，不，現時，她該是鳶族人們的「夏風」……

正立在那兒……

端凝著祭典……

她身上是件跟祭祀少女穿著相仿，有紫鳶花圖樣的衣裝……

雖沒有參予「鳶祭」……

但她臉上卻現出跟與祭者相同的，誠心，專一的神情……

何豪興和她對換了個微笑。

卻沒上前去找她……

也不通知其他人──關於夏風的到來！

又，或許，他們已察覺，不過，未動聲色而已……

李衛那篇「不勉強」論，影響到了他……

該尊重夏風自己所選擇的對鳶族的態度才是。

祭典結束了……

少女們便手持淨瓶，向四週潑洒花露水……

使原本滿溢濃濃煙火味的山頂，罩了層清香逸氣……

紫鳶姑用跟何豪興一樣的法子，把十二本書冊從金鳶像的座底取出……放進個長型的白木盒中。

然後，再拿出一條有金線描鏽的大綢巾……

把白木盒給包裹起來，鄭重地交予何豪興道：

「『鳶祭』完成後，這密笈理當由少主你保管……」

「我知道，是不該推諉責任……」

他有些困難的回應。

「但，我鳶族文一點都不懂……」

「叫一個人，去看守部他自己都不能釋其義的典藉……」

「該是……」

他一時搜尋不出個適當的字句。

「極不靠譜的！」

他重重地一頓首，竟迸出了這麼個自己都料不到的形容詞。

「要是眞替大家著想……」

「應該還是讓紫鳶姑您保有，最恰當不過！」

紫鳶姑一聽，先是面露豫色。

但略爲想想，卻也承諾了下來。

「如果，那天……」

「少主認爲可以了……」

「我隨時都樂意將祕冊奉還……」

紫鳶姑含笑地表明道。

「您這個鳶族教母，還著實不是做假的呵！」

他用崇敬的口吻說著。

鳶祭完成，族裡至寶祕笈──十二冊金書也安置妥當……

何豪興仰望無際晴空……

頓時，心胸為之一開……

因為，他終於領會到了何者即所謂「天人合一」的極致之境！

何豪興背掛著他那個有點舊，卻已用得極其習慣的粟色旅行袋，走進了大陸航空飛往美國班機的機艙內……

鳶族的事算是暫告一段落……他也該回家去看看……

並非為了甚麼難耐的思鄉之情……

而是，抱著另番心態……

即使不能說自己是全然的脫胎換骨，也算是變了大半個人……

他不僅是何家的長子，亦是鳶族的少主……

一個普普通通的圖書館職員，卻維繫了一個族群的延續與發展……

也許，一直不該對自己過度的等閒視之……

他放好袋子……倚窗而坐……四平八穩的！

他已理解並接受自己另種身份……

父親，繼母，弟妹……

如今，對他們已不復以往的情緒糾葛，而可冷靜對待。

不知道，這能不能也算是種成長與進步？

他是有點迫不及待……

要以嶄新的內在，來面對久違了的家居生活！

坐在自己旁邊的乘客來了……

是個約二十開外的白種女孩……

輕便隨興的旅遊打扮……

背心似的黑T恤，外罩一件質料薄薄的，白色小外套……

鏽花牛仔褲緊貼著修長的雙腿。

金髮碧眼，外型極其搶眼！

她先從手提包裡拿出本時尚雜誌來，再將包放進了上方的櫃子……

對何豪興笑笑……

便在他旁邊坐了下來……

自自然然的，也就順手脫了外套。

艙房位置狹隘，他跟旁邊女孩挨得很近……

可以清清楚楚瞧見她粉白粉白的臂膀上……

又有另一團小小的白……

那是堪稱他來大溪地後的夢魘……

猿神族的圖記！

飛機起飛了！尖刺的引擎聲自耳邊響起！

金髮少女悠哉悠哉的，心無城府地翻閱著雜誌……

何豪興則是額上冷汗涔涔的……

只要稍微動動，就可能不小心碰到對方臂上的白猿圖案……

何豪興心頭不斷翻攪著……

發現余安頸背處猿神記號時的慌亂，不知其所以……

被 Tony 的手下狹持時，口鼻陡地被幪住的恐驚懼……

囚禁在酒窖的空白日子……

千璃毒殺情夫及自身……

莫莉亞陰狠的用槍指著自己……余安一記槍聲……她失足落海！

還有……莫醒的眼淚。

這些情景，又回至目前，連續地交替晃動……

人絕不能藐視自己！

身爲鳶族之主，不論遇到任何危難，都該鎮靜如恆。

「泰山崩於前而色不變！」

但，眼睜睜地看一個猿神族就正坐在你的右手邊……

何豪興卻怎樣都無法裝出一付什麼事都沒有的樣子。

女孩放下雜誌，起身離座……

大概是去上洗手間吧？

何豪興考慮著要不要找找空姐，請她幫忙換個位置？

但接下來一想……

如果，猿神族的人存心要對自己不利的話……

去那兒還不都是一樣……

再說，他也搵不出個好理由來做這般要求……

女孩回來了！

當她重新坐好後……

卻讓何豪興整個人都瞠目結舌了起來……

她膀上的圖騰竟不翼而飛！

「我這白色猴子的刺青貼紙，似乎有困擾到你……」

金髮女子操著美式腔調的英語，竟先主動的對何豪興談起來了。

「看你眼睛總是不安的溜著它……」

何豪興恨不得給自己一個耳刮子！

唉，怎麼就是這樣嫩不啦磯的……

臉上硬是藏不住心事呢？

「噢，那原來只是刺青貼紙，不是紋身？」

他吶吶地問著。

「是呵……」

「我和我的朋友們都很作興玩這個……」

她嫵媚的攏攏頭髮。

「不過，他們只喜歡貼什麼鷹啦，龍啊，虎的……」

「要不，就是玫瑰，雙心之類的……」

「而這些，我全沒興趣來著……」

白種妞，搖首吸嘴的模樣，有點像會動的洋娃娃，映在何豪興眼中，倒成了額外的一景。

「所以，就選了個白猴子的……」

「與眾不同一點……」

她的語氣頗為自得。

「剛剛，洗手時，不小心打濕了……」

「我就乾脆把它撕下……」

「以後，再弄個新的上去就好了……」

女孩不覺地就摸摸臂部那個原先有圖案的所在。

「白猿猴—這種動物，會引發你想起什麼不愉快的事嗎？」

她微偏著頭，不解的追問著何豪興。

「噢，是這樣的……」

「我們中國人的父母親……」

「在小孩調皮不聽話的時候……」

「會嚇唬他們說………」

「有種白色的猿猴，專門來把壞孩子抓到它們的洞穴，一輩子幽禁起來……」

何豪興說著。

還故意誇張的伸出雙手，做出逮人狀！

對著這番興之所至的編造拉扯……

金髮洋女孩並沒盡然的全信。

但，她也識趣的不再多問。

面向何豪興，她莞爾的一笑。

又重新埋首於自己的雜誌中了。

「但願她不是在身上，其他的甚麼地方，又藏有這麼個圖案……」

何豪興又私自，不放心地嘀咕了下。

無論如何，剛才也只是「虛驚」一場！

他伸伸懶腰……

也決心也找點什麼來看看……

他想起放在袋裡的一本「歐美短篇偵探小說集」……

於是，他向女孩借道而過，取出放在上邊櫃裡的旅行袋……

當他打開它時……

卻又再「受驚」了一次……

一本小金冊赫然出現其中……

冊子封面貼了張小紙條；

上頭勁秀的字跡，寫道：

「少主：

你是堅持『適合』比『規矩』重要，但，如果，你也保有十二金冊中的一冊，或者，能在『規矩』和『適合』中取得點那麼小小的制衡。

紫鳶」

何豪興握著小金冊子，內心一陣激動……

他離開大溪地時……

李衛，海樂，紫鳶姑都來機場送行……

紫鳶姑—該是趁著他和李家父女聊天，不注意時……

悄悄地把黃金冊子放進他的旅行袋的……

他返回了座位，放棄偵探小說……

翻閱著這其中之一的鳶族寶典……

何豪興不懂鳶文……

但可以參閱圖解……而它卻恰恰是……

Tony 所處心積慮欲得，及險些讓自己喪了命的，講述『芝溶酒』製作祕方的那一冊！

何豪興屏氣凝神的看著……

從一開始，族人是到那個地方，採擷何種的植物花葉……

再如何的去洗滌，曝晒……

然後，該裝進怎樣型態，大小的罈子中釀造……

甚而，這些罈缸是該置在什麼樣風土氣候之下爲佳……

全都化爲了圖像，躍然紙上！

令人彷彿已聞到「芝溶」酒的沉香……

更產生股衝動；想要自己也來製造一罈！

但不一會，他卻被股悲傷的情緒所替代……

或許，因爲，這祕笈多少都附著上了某些人死亡的陰影吧？

他將冊子移放至扶手上……

看看側旁，洋少女已將雜誌置在腿上，而開始打起盹來了……

何豪興想她該是個現代感十足的人……

生活中定是充塞著 rap，i—pad，漢堡，可樂……而和古年代的事物是毫無維繫的……

而此刻的自己呢？

他望向了機窗外……

發現了一隻鳶！

其實，是朵看上去像鳶般的雲……

尖尖的嘴，左右各一翼……

「應該這只是依照自我主觀，才把整片雲想成那樣……」

「換成別人，大概就會把它看作不一樣的東西……」

雖然，何豪興也有這般理性的想到過。

但，卻有另種更強烈的感覺在驅使著他……

是這隻「雲鳶」，而非這班飛機……

帶領著他……

但，不是往美國或台灣，或者這世界的任何一個角落……

而是奔向……不止是他，是現存社會許多人都失去的……

心靈淨土！

何豪興眼光緊緊追隨著那朵「鳶之雲」……想著：

李衛，紫鳶姑，及另外一些族人……所希望他們的少主所能持有的……

「鳶的心」！

我已尋到！

全文完

國家圖書館出版品預行編目資料

大溪地之鳶／曾緗筠著．一初版．一臺中市：
白象文化，民 102.12
面： 公分
ISBN 978-986-5780-32-6 （平裝）

857.7 102022597

# 大溪地之鳶

建議售價・300元

作　　者：曾緗筠
校　　對：曾緗筠
編輯排版：林榮威
編 輯 部：徐錦淳、黃麗穎、林榮威、吳適意、林孟侃、陳逸儒
設 計 部：張禮南、何佳諠、賴澧淳
經 銷 部：焦正偉、莊博亞、劉承薇
業 務 部：張輝潭、黃姿虹、莊淑靜
營運中心：李莉吟、曾千熏
發 行 人：張輝潭
出版發行：白象文化事業有限公司
402台中市南區美村路二段392號
出版、購書專線：（04）2265-2939
傳真：（04）2265-1171

印　　刷：普羅文化股份有限公司
版　　次：2013 年（民 102）十二月初版一刷



設計編印

白象文化｜印書小舖
網　　址：www.ElephantWhite.com.tw
電　　郵：press.store@msa.hinet.net